おいしい文藝

うっとり、チョコレート

河出書房新社

うっとり、チョコレート

おいしい文藝

河出書房新社

うっとり、チョコレート　もくじ

うっとり、チョコレート

装幀・装画　野村浩

三つの嗜好品

森茉莉

女も、子供の時期から離れて、（私はあまり離れているとはいえないが）大人の領域に入ってくると、生命を保持するための食物以外の、嗜好品《しこう》というものが、菓子や飴《あめ》では物足りなくなってくる。そこで煙草を喫《の》む女《ひと》や、酒を飲む女《ひと》もあるわけである。

私の場合を言うと、まずチョコレエト。チョコレエトが大人の嗜好品か、と思う人もあるかも知れないが、外国の若い女優や、歌手の楽屋が薔薇《ばら》とチョコレエトでいっぱいであることが、小説なぞに出て来たり、日本でもチョコレエトを嚙《かじ》るのは子供か、まだ子供のお仲間のような若い女ときまっているが、私はだいたいチョコレエトは珈琲、煙草と優《ゆう》に並ぶ、コカイン的な嗜好品、つまり大人の食べものだと、思っている。もちろん私の言うのは、子供の口にしか合わないような甘いのや、クリイム、ウィスキイの匂いをつけた砂糖水なぞの入ったものではなくて、純粋の板チョコの、苦みの強いものである。

次に洋酒である。と言うとえらそうだが、味と気分だけがすき、という感じの、飲み手である。好きなのはヴェルモット、アニゼット、グラァヴ・セック（上等な料理店で料理に入れる白葡萄《ぶどう》酒で、ごくいいものではないが、私の情けない経済力の範囲内で飲める種類の中では美味《おい》しい、かなりの葡萄酒である）ラインワイン（ドイツの辛口葡萄酒）、クレェム・ド・モカ、クレェム・ド・カカオ、等。だいたい西洋で女の飲む酒だが、ウィスキイもトリスしか知らないが好きである。もちろん、葡萄酒はフランス産の最高級品のシャトオ・ラフィット、シャトオ・イキュエム、またボルドオ産の極上の紅なぞの方がいいし、他のものもフランス産のがすきだが、シャトオ・ラフィットやシャトオ・イキュエムなぞはことに、日本では入手困難だろうし、あったところで財布と相談すると断わられるにきまっているので、皆日本製のを飲んでいるわけである。それらの酒をリキュウルグラスにせいぜい一杯を、少量ずつ飲むのである。

次が煙草、という順で、煙草はこのごろはアメリカ産のフィリップ・モオリスである。

この内、洋酒と煙草は気分だけを飲んでいるので、おかしいほど少量で、いくらでもたべられるのはチョコレエトだけである。洋酒はリキュウルグラスに一杯で、日本酒なら一升瓶《びん》をあけた人のように紅くなるばかりか、肺か心臓に火が入ったようになるので、どこにも行かないときまった日か、夜になって飲むよりほかない。

これは本当に無念である。もしすきな洋酒がチョコレエトなみにいくらでも飲めるのだったら、私という人間は、ヴェルモットを飲んでは硝子の色に陶酔し、英国産のスコッチを飲んではホームズを読み、ボルドオの紅を飲んでは小説を書き、また小説は今よりもうまく書けて、いつも酔い果て、朦朧《もうろう》として編集者にあい、どんな好きな映画がかかっても、腰が持ち上がらないかも知れない。

煙草と私とのつきあいは、洋酒との関係よりももっと縁が薄い。珈琲店で、友だちに勧められて、あまり飲みたくもなくておつきあいに喫む本数をいれれば日に二、三本喫むこともあるから、月にすれば三十本ぐらいは喫むことになるが、心から自分が喫みたいと思って、喜んで喫むのは月に三回ぐらいで六本である。それは自分の文章が自分としてはよくできたと思う時、愉快になってくると、煙草が喫みたくなるので、そんな時は稀《たま》にしかないからだ。その稀の機会が自分の部屋の中だと絶望である。部屋は煙草がない。マッチだけである。珈琲店にいる時だとボオイに買って来てもらい、一本抜き出し、マッチを擦《す》る。マッチは擦ってからちょっとおいて燐の匂いが消えてからつけ、一服と一服との間に間《ま》をおいて、ゆっくりとお得意の（むろん自惚《うぬぼ》れの）

気分を味わうわけである。よくせかせかと喫む人があって、今火を点《つ》けたかと思うともう次のマッチを擦っているのを見るが、あれで愉快というのは不思議である。ほんとうは真紅《まっか》な炭火で火を点けるのがすきである。ライタアは酒精《アルコール》の匂いがする。薪《まき》で炊いたご飯に、炭火でつけた煙草。何しろちょっとしたブリア・サヴァランだからうるさい。ところでいきでなくてまぬけで滑稽な方も白状すると、煙草を喫み始めたのはもうずいぶん前なのに、私はいまだに煙草がうまく喫めない。どういうわけか自分の煙草の烟《けむり》が眼に入ってひどく痛く、涙が出ることもある。火を点ける手つきものろくておかしい。また喫み方がおかしいだけではなくて、たいして美味しくないのである。自惚れの瞬間だけ、そのうっとりする気分に、煙草の伴奏をつけようというだけである。人が煙草のケースを差し出して、（あのケースというのがまたきらいである。煙草は袋や箱のままがいきである。もし私が若い美人だったら、頭をピカピカにして、金ピカのケースをパチンとあけられたらもうおしまいであるから、失恋する人は続出するにちがいない。目白押しに並んだ煙草に強《きつ》いたがが嵌《はま》っているのも不愉快だが、ゴム紐が渡してあって、それがたるんでいるのなぞときたら最低である。恋人と会っていて子供の靴下を思い出すのは困る。ブリア・サヴァランの方は本もののつもりだが、カザノヴァの方は――女にはこういう人がいないので困るが――空想の中だけで、実際の人間は滑稽的人物であるから、美人だったらなぞと考えたところで始まらない）「煙草はお喫みになりますか？」ときかれるときには返事に困る。「喫まないが喫む」、あるいは「喫むが喫まない」という答えが当たっている。私は煙草をいきに喫みたいが、滑稽的人物が煙草を喫むときだけいきになったってしかたがない。

煙草といきで想い出すのは、私の父の葉巻を喫むときのすばらしさである。父と葉巻を想い出すと、まず真白な、深く切りこみすぎない爪の、象牙色の手が出てくる。その手が、ドイツ製の鋏でハヴァナの葉巻の尖端《さき》を截る。マッチを擦る。（馬の顔や時計のついた台所の燐寸である）薄赤い炎がゆっくりと、葉巻の尖端を包むようにとり巻く。真白な縮みのシャツとズボン下の普段着から出た、淡黄の美しい手、足の先。いくらか陽に灼けた、翳のある顔。アクセサリィは手に持った焦茶色の葉巻である。私が部屋に入って行くと、鋭い眼がこの上なく柔らかな微笑に崩れ、二、三度軽くうなずく。そばへ来いという報せである。私が背中に飛びつくと、父は灰の厚く積もった葉巻の手をそっと動かさずに、左の手で私を膝の上に乗せ、それから葉巻を灰皿の上においた。私の背中を軽くたたいたり、膝の上で私を揺る用意である。

それは父のよく話したドイツの小説の中の男に、似ていた。その話というのは汽車で向かい側の椅子にいた男から、自分の伴《つ》れの女に何かしたのではないかと言われて、黙って右手の、灰の厚く積もった葉巻を示して微笑したという男の話である。向かい側の男は、自分がわずかの間席を立っていた間に、その男と自分の女との間に、微妙な雰囲気ができているのを見て、詰問したのである。これらは私の父と煙草とにまつわる、きれいな想い出である。

フランスの酒。熱帯地方のカカオの実を空想させるチョコレエト。マリフェナ（軽い麻薬）を微量入れたのではないかと、私には思われる、アメリカ煙草のフィリップ・モオリス。この三つが私の、生命を保持するための食物以外で、何より好きな、また何より重大な、嗜好品である。

よその女

江國香織

よその女になりたい、と、ときどき思う。よその女というのはつまり、妻ではない女。

朝、夫はシャワーをあびる。ひげをそって歯をみがく。クリーニング屋から戻ったばかりのワイシャツにネクタイをしめ、ダークカラーのスーツを着る（夫はスーツがよく似合う）。

でも、なにしろ時間がない。

ベッドでコーヒーをのんでいる私にゆっくり顔をみせてくれもせずに、夫は玄関をとびだしていく。靴をはくまももどかしそうに。

あの瞬間の不本意な感じにはちっとも慣れない。

用があったのに。

うしろ姿を見送りながら思う。それがどんな用かはわからないけれど、ともかく用があったのに。

夫は夜になれば帰ってくる。でも、そのときの夫はもう朝のあの男とはちがう。朝の男は少し冷淡。でも私は彼に用があるのだ。よそいきの顔と言ってしまえばそれまでなのだろう。私にはみせなくなった顔。朝の夫はその顔をしている。

私はベランダの鉢植えに水をやる。お風呂に入って仕事をする。

夫はいまごろ、よその女に「おはよう」と言っているかもしれない。よその女の目に、夫は礼儀正しく、感じよく映るだろう。

「よその女って誰よ」

いつもとても夫婦仲がよさそうにみえる、友達の女性編集者Kは訊《き》く。駅前のサンジェルマンでショートケーキを食べながら。

勿論《もちろん》私は即答できた。夫とおなじ電車に乗りあわせる女とか、おなじ会社の（たぶんきれいな）女とか、よその会社の（きれいではないかもしれないが、たぶんいい声をしていてときどき電話をしてくる）女とか。

でも、そんなことを言ったらKは私の頭がどうかしたのだと思うだろう、と思ったので黙っていた。

「妄想じゃないの?」

Kは言い、残っていた紅茶をのみほして窓の外をみる。

「いい天気だね」

少し目をほそめて言う。仕方なく私もうなずいて、

「うん、いい天気だね」

とこたえた。

帰りみち、公園をぬけながら私は考える。

夫は、よその女のことをべつに好きではないだろう。でもいい子だと思っている。彼女はいつも感じがいいから。よその女だから。怒ったり泣いたり、夫の欠点を指摘したりしないから。

「結婚は、財産めあてにしなきゃだめ、と、いつもママはいってたけど、ほんとね。愛して、いっしょになったら、このざまだわ」

これは、カーター・ブラウン『ゼルダ』の一節。ゼルダといってもフィッツジェラルドとは関係がない。田中小実昌さんの訳が絶妙の、テンポのいい推理小説だ。

たまによその男の人と会う。よその男はとても親切。礼儀正しいし、いろんな話をしてくれる。私や私の仕事をほめてくれるし、グラスが空になる前におかわりを注文してくれる。無論私はよその男にそんなことをしてもらってもべつに嬉しくないけれ

ど、夫がしてくれたら嬉しいだろうなと思う。そして、この男も自分の妻にはこんなに親切にしないんだろうなと思う。

結婚するとき、夫に約束してもらったことが一つある。これから先、どんなことがあってもよその女にチョコレートをあげない、という約束だ。お花や靴や鞄や装身具ならいいけれど、チョコレートだけは駄目。

私はチョコレートが好きで、おいしいチョコレートはいつもらっても嬉しい。でも、それだけじゃなく、きれいな箱に入ってりぼんをかけられたチョコレートは、それだけでなにか「特別」な感じがする。幸福の象徴。愛の贈り物。

これは我ながら勝手な意見だと思うのだけれど、私はなぜか昔から、チョコレートは男が女に贈るものだと思っている。だから男の人にチョコレートをあげたことは一度もない。甘くて贅沢《ぜいたく》な、快楽を伴って口のなかでとけるチョコレートは、男が女の心をとかすためのものだとしか思えないから。

恋愛にまつわる約束はたいてい無意味で、たとえばほかの人と恋をしないでほしいと言ったところで無駄なのはわかっている。そういうことになってしまえばなってしまうに決まっているし、約束なんかのせいでその機会をのがしてほしくもない。でも、たとえ誰か特別な人に贈り物をすることになったとしても、チョコレートを避けることならできるのではないかと思う。小ぎれいな焼き菓子にするとか、花束にするとかすればいいのだ。そのときの誠実さの方が、私にはよっぽど信用できる。

「きょう、Kに会った」

夜、帰ってきた夫に私は報告する。

「どこで?」

「サンジェルマン」

「元気だった?」

「うん、元気だった」
二、三日前の朝日新聞に、最近の若者は寝そべってばかりいる、という記事がでていたけれど、うちの夫も寝そべってばかりいる。だから私は夫の後頭部ばかりみているような気がする。そのうちに夫はそのまま寝てしまう。天下泰平の寝息をたてて。
少し前まで、私もよその女だったのだ。

部屋のなかはしずかで、音を消したテレビがこうこうとあかりをこぼしている。

「ベッドで寝て」

私は夫を揺すったりひっぱったりする。夫は迷惑そうに顔をしかめる。

「体が痛くなるからベッドで寝て」

こういうとき、よその女がするであろうふうに、やさしく毛布をかけてあげたりすると、次の日に必ず言われてしまうのだ。

「どうしてベッドにいかせてくれなかったの。一晩じゅう板の間で寝て、体が痛くなったじゃないか」

さんざん揺すったりひっぱったりされて、夫は不承不承起きあがる。

「うるさいなあ」

私は、どうして私がうるさがられなくちゃいけないのだろうと腑《ふ》に落ちない気持ちになりながら、寝室にひきあげる夫のうしろ姿をぼんやり眺める。

夫はときどき私にチョコレートを買ってきてくれる。誕生日やクリスマス、なにかの記念日なんかに。私が好きなのはリンツやデメルのシンプルなものだ。銀色の箱に入ったSWISS THINSとか、ピンク色のまるい小さな箱に入ったマーガレットとか。私は、夫にチョコレートをもらうたびに、私をよその女でなくしたことへの、夫のお詫《わ》びの贈り物だと思っている。

チョコレートモンスターのプレゼント

溝口シュテルツ真帆

「アイ・アム・ア・チョコレートモンスター」

チョコレートが好きでたまらない夫は、自らをそう称する。その通り、私が「明日のおやつにしよう」なんて思ってチョコレート菓子をとっておくと、翌日にはすっかり箱ごと、袋ごと消えてなくなっていることがよくある。

「ちょっとー！　私のチョコ食べたでしょ！」

「ごめん、ごめん。ちょっと〝発作〟が起こっちゃって……」

なんてやり取りもしばしばなのだ。

そして少し困るのが、自分が好きなのと同じくらい、私もチョコレートが大好きだと思い込んでしまったことだ。

それは、日本にいたころの私の初めてのバースデーのこと。抱えるほど大きな箱を持って現れた彼の姿に、心は俄然高鳴る。わくわくしながら開けてみると……登場したのはチョコ、チョコ、またまたチョコ。

てんとう虫の形のもの、赤いハート形のもの、モーツァルトが描かれた銀紙に包まれたもの……彼からの初めてのバースデープレゼントは、数えきれないくらいのチョコレートがばらばらに詰め合わされた、スペシャルチョコボックスだった。

さらなる問題は、それらがすべてドイツやオーストリア製だったこと。

こちらのチョコレートはうんと甘かったり、ぼそぼそした舌触りのマジパンが入っていたりで、日本人にはちょっと食べにくいタイプのものも多いのだ。

2、3個ならいいけれど、大げさでなく100個を超えるようなチョコレートに、内心とっても困ってしまった。

しかしまだまだ付き合いの浅かったころの私は戸惑いを口に出せず、「わあ～、すごい！　ありがとう!!」といささか過剰に喜んでしまったのである。

それが運のツキ。

バレンタイン、クリスマス、再びのバースデー。プレゼントには必ず大量のチョコ、がすっかり定番になってしまった。

こっそり食べたふりをして、家族や会社に差し入れしていたことは、夫はもちろん知らない。


チョコレートをこよなく愛する夫だが、いいのか悪いのか、ゴディバやピエール・マルコリーニ、ジャン＝ポール・エヴァンのような高級品にはあまり興味がない。日本のチョコレートで一番好きなのは？ と聞くと、迷いなく返事がくる。

「ロッテのチョコパイ！ あとは、ポッキーもいいね。きのこの山も捨て難いし……アイスならだんぜんチョコモナカジャンボだね！」

と、なかなかいい線をついてくるのは、さすがはチョコレートモンスターだ。


ところで、一昨年のバレンタインデーは、夫はミュンヘン、私は東京にいた。女性から男性に、だけでなく、互いに贈り合うのが欧米のバレンタインデー（ちなみにホワイトデーは、日本や韓国など、東アジアだけの風習だ）。だが、「今年のバレンタインはなしかな」と、私は前日になっても何も用意せずにのんきに過ごしていた。

するとそこへ、1本の電話。近所の花屋さんからだった。

「あの〜、ドイツからお花の注文が入ってるんですが、明日は大雪みたいなので、朝早めにお届けにあがってもよいでしょうか？」

まずい！　どうやら夫はきちんとプレゼントの準備をしていたようだ。

私は最寄りのスーパーマーケットに走った。そして購入したのは、ダース、ポッキー、もちろんチョコパイ、きのこの山にたけのこの里、ほか、さまざまな日本のメーカーのチョコ菓子たち。

しめて約800円。ああ、なんて安上がり！

その足で郵便局に行き、国際便の手続きをして、ふぅ、無事ミッション終了だ。

翌日、花屋さんからの予告通り大きな花束が届いた。

私はサプライズに驚いたふりをしつつ、「雪のせいで少し遅れちゃうかもしれないけど、私もプレゼント送ったからね」とメール。

すると夫からは「今年はチョコ添えられなくてごめんね」と返信が。いえいえ、もう、お気持ちだけで充分ですから！

バレンタイン傷

大宮エリー

人に想いを伝える、というのは本当に恐ろしいことだ。

だからバレンタインデーというのは、よくもまあ、そんな恐ろしい日をつくったもんよ、と思う。だいたい一方的に好きだなんて言ったら相手は迷惑するんじゃないか？　その思いは小さい頃からずっと変わらない。とにかくバレンタインというやつは毎回、わたしをオタオタさせるのである。恐ろしいならやらなきゃいいのに、みんながやっていると自分も一応、参加したくなるからたちが悪い。

初めてのバレンタインは、小学四年生のときだったように思う。結構大人びた子が多い小学校だったので、みんな、やれどこどこのチョコだの、クッキーだの、ブランド名を言っていた。手の込んだ手づくりチョコに挑戦する女子もいた。一緒にハート型のチョコレートケーキを作ろうとか、トリュフを作ろうとか、珍しい生チョコを買いに行こうと誘われたりもした。が、全部断った。相手が自分のことを好きではないかもしれないのだから、あんまり過剰だったり気合が入っていたりすると重苦しく思われるんじゃないかと思っていたのである。

エリーちゃんは頑《かたく》なに誘いを断って、一体どんなチョコをプレゼントするつもりなのかしら。クラス中の女子はそう注目していたらしい。

その頃わたしは好きだと悟られずに好きだという気持ちを渡せないものかと考えていた。何かさりげない、さりげない、チョコのあげ方、選び方はないものか。そしてわたしは、さりげなさを完全に勘違いしてしまったのである。

まず家にあった包装紙をカットして手作りの封筒を作った。かなりミニサイズ。手のひらに隠れるぐらいが、丁度いい。もし彼が迷惑だったら人に見られないようにすぐにチョコを握りつぶせるから。

そして、中に入れたのはこれまた、さりげなくフィンガーチョコを三本。しょぼすぎです！　でもわたしは真剣だった。フィンガーチョコの本数を、三本にするか二本にするかでめちゃめちゃ悩んでいたのである。二本だとケチだと思われるかも、三本だとさりげなさが出ないかも、なんてフィンガーチョコを入れたり出したりしていたのだ。

そして当日。わたしにとってはさりげなくても、周りから見ると、どんだけ貧乏なんですか？　というみすぼらしいチョコをもらった男子の顔を今でも忘れられない。彼は最初きょとんとし、そのあと明らかに動揺していた。ありがとうと言ってくれるまで妙に間があった。失敗と分かった。

卒業する頃、そのことが話題になった。彼はそのチョコが、どういう意味なのかさっぱり分からなかったそうだ。本命ではないとすぐ分かったが義理チョコにも思えず、たった三本のフィンガーチョコの意味を考えあぐねていたらしい。新手の嫌がらせかな、と思っていたそうだ。

でもわたしは、そのとき本当に好きだった。紛れもなく本命チョコだった。しかも初恋だったのである。さりげない初恋チョコは、哀しいことに気味悪がられる結果に終わっていた。

その彼に、あのとき好きだったんだよと言ったら、ものすごく驚かれ、お前の行く末が心配だ、と言われた。そして、彼は言った。

「あんなんだったら、あげないほうがましなんだぞ」

知ってるわい。

チョコと鼻血

中島らも

コーノがゆっくりと机のひきだしをあけると、そこには色とりどりのチョコレートがびっしりと詰まっていた。

「これ、みんな女の子から？」

僕が目を丸くしてたずねると、コーノは唇のはしっこをキュッと吊《つ》りあげて笑い、

「男からもらってどうすんだよ」

と答えた。

コーノは大学の同級生なのだが、当時は「万札のコーノ」の異名をとっていた。金満家の息子で、いつどんなときでも必ず一万円札を何枚か胸ポケットに忍ばせているという、たいへんにヤな奴だった。

世の中というのは不公平なもので、こういうのに限ってルックスもよくて女の子にバカもてしたりするんである。

「こんなにチョコレートばっかりもらってもなあ。食べきれるもんじゃないし」

そういってコーノはフイッと横をむき、「……はは」と笑った。僕はムカムカしてきた。集めて溶かして、ありがたぁい鐘でも鋳造して、一生それをたたいて暮らしたらどうや、と言いかけてから気がかわった。

「おい、このチョコレート、余ってるんやったら全部おれにくれへんか」

「それはいいけど、どうするの」

「ドガキナイのとこにもっていくんや」

「ふうん。それ、面白そうだな」

ドガキナイはやはり大学の友人で九州の田舎から出てきて下宿生活をしていた。

こいつはコーノとは対照的で、赤貧洗うがごとき苦学生なのだった。月末の仕送り前になるとほとんど餓死寸前になって四畳半の畳の上でピクッピクッとケイレンしたりしているような男である。おまけにデブだった。食えるときに食えるだけのデンプンを貯《た》め食いするという食生活のせいで、青白く水ぶとりしていた。おまけにアホで分数ができないうえにタラコ唇で水虫の持ち主だった。田舎では年に一度の夏祭りの日に駅前に「中華そば」の屋台が出るのを自転車に乗って食いに行くのが唯一の楽しみ、という生活をしてきた男だった。

僕らはドガキナイのことを「八十童貞」と呼んでいた。八十くらいまで女の子に縁がなくて、八十歳のある日の初体験で興奮のあまり腹上死する。そういう運命なのだといってはからかった。

ドガキナイにチョコレートをもっていってやろうと思いついたのは何も彼の食生活を援助しようという仏心《ほとけごころ》からではない。もてないドガキナイにバレンタインのチョコをひけらかして、

「ヤーイヤーイ、八十童貞」

といってくやしがらせようという腹である。

下宿の部屋に行くと、ドガキナイは畳の上でピクッピクッとケイレンしつつ餓死を楽しんでいた。

何十枚というチョコレートを枕元《まくらもと》にばらまいてやると彼はそのチョコと僕らの顔を交互に見てから、

「すごいのう。パチンコか?」

と尋ねた。

「こりゃうまいのう。お前ら何で食わん」

と言いながらドガキナイはたちまちのうちに三、四枚をたいらげた。

それを見ながら僕とコーノは段々と尻のすわりが悪くなってモジモジしだした。ドガキナイは明らかにバレンタインデーというものがこの世にあること、そしてそれが何であるかを知らないのだった。

ドガキナイがあんまりうれしそうにチョコを食べるので、そのぶん余計に我々は申し訳ない気になってくるのだった。できれば世界中からバレンタインの広告や記事を彼の目にふれないように隠してしまいたかった。

ドガキナイの鼻血を見る前に我々はうなだれた気持ちでその部屋を退散した。

そのせいか、勝手な話だが今でも「義理チョコ」を見ると腹が立つ。

女の子は、チョコを渡す以上「ベッドをご一緒します」くらいの気合いでやってほしいものだ。でないと世の全てのドガキナイが変に苦しむことになってしまうからだ。

「義理チョコ」とは何か

浅田次郎

バレンタインデーが近付くと、私の胸は少年のようにときめく。

むろん、愛の告白を期待しているわけではない。チョコレートが大好きなだけである。こうした素朴な期待感を抱く男はさぞ珍しかろうと思うけれど、チョコレートをくれる人なら誰だって好きだ。

私の机の上には、一年中さまざまのチョコレートが置かれている。バレンタインデーにあちこちからいただく風呂桶一杯分ぐらいのチョコレートは、ほぼ一カ月であらかた食いつくすので、その後は自前である。ばんたび買いに行くのも気恥ずかしいから、スーパーやコンビニで、サンタクロースみたいな顔をしてしこたま買いだめをする。

浅田次郎

外国のホテルでは、ベッドメイクのときに必ずチョコレートを置く習慣がある。「おめざ」の意味なのだが、私はたいてい朝まで待てずに食べてしまう。で、翌朝は同行の編集者たちの部屋を回って「おめざ」を回収し、全部食べることにしている。

そんな私にとって、年に一度のバレンタインデーは、たとえば大酒飲みがどっさりと酒を贈られるくらい幸福なのである。いっぺんに食べると体に毒だから、おのれを律するためにまず年明けから「チョコ断ち」をし、禁断症状を耐えに耐えてその季節を迎え、しかるのちにもさらにおのれを律して、「きょうはこれだけにしておこうね」とかてめえに言い聞かせながら食べ始める。

ああ、今年もめくるめくバレンタインデーが迫ってきた。

ところで、実にふしぎに思うのだが、チョコレートの好きな男というのは世の中にそういるものではない。ましてや近ごろでは、働き盛りの男たちはみなダイエットに腐心しているから、努めて食べぬようにしているのがふつうである。

ではなぜ、酒でもなく煎餅《せんべい》でもなく、贈り物としての実《じつ》のないチョコレートでなければならぬのだろうか。まことふしぎと言うほかはない。

女性に経済的な負担をかけてはならぬ、という配慮から、愛する気持ちに添える程度の安価なお菓子が選ばれたのであろうが、このお手軽さが曲者《くせもの》で、気持ちの入らぬいわゆる「義理チョコ」が世に横行する結果となった。

むろん、バレンタインデーに私が手にするチョコレートのあらかたは、この「義理チョコ」である。女性編集者たちが激務の合い間を縫って、担当する作家や社内の上司たちに山のような「義理チョコ」を贈っているのかと思うと、いたわしくもなり、不毛の慣習を感じざるを得ない。個の自発的行為よりも、集団行動が優先するわが国の社会において、この「義理チョコ」はおそらく世の女性たちを大いに悩ましていることであろう。


例によって多少の薀蓄《うんちく》をたれる。では、「義理」とはそもそも何であろう。

漢学的にいうなら「義の理《ことわり》」であるから、「人として踏むべき正しい道」という意味になるが、実は「義理」という熟語は「礼理」や「仁理」がないのと同様、漢籍にはほとんど現れない。一方、日本の古典では『沙石集《しゃせきしゅう》』や『愚管抄《ぐかんしょう》』を始めとして広く使われているので、日本的な造語と考えてよさそうである。これがさらに時代を下ると、「体面上なさねばならぬこと」という意味に曲解発展して、ほぼ現在の意味となり流行する。近松や黙阿弥《もくあみ》の戯作《げさく》はこの「義理」の応酬である。

西洋哲学にこうした「義理」の概念はないが、カント哲学のいうカテゴリカル・インペラティヴ、すなわち「定言命令」と訳される善の解釈に、ほぼ同義の説明を見出すことができる。

「善を行うにあたって条件つきではなく、なおかつ道徳法則の命ずるままに社会が要求する漠然たる義務感ではなく、近しい者や周辺社会に対して負う義務」要するにいわゆる「ノーブレス・オブリージュ」というものが、西洋的な「義理」と言えるのではないかと私は思う。

さらに、日本古来の精神とキリスト教の仲人である新渡戸《にとべ》稲造《いなぞう》は、名著『武士道』の中でこのようなことを言っている。

「たとえば親に対し、血脈の保証する愛が欠落している場合、儒教でいうところの孝をおのれに命ずるためには何かの権威に頼らねばならない。この権威を義理という概念によって構成する。すなわち、実社会において義理は義務である」

さて、カントや新渡戸稲造まで引き合いに出すと、「義理チョコ」の解説もまことに意味が深い。どうか例文を精読して、かの人に贈るべきか否かを冷静に判断していただきたいものである。私たちが健全な未来のために戒《いまし》むべきことは、「みんながやるから私もやらなきゃ」という日本人的社会性である。社会の枠の中に個が存在するのではなく、個の集合によって社会が構成されてこそ、美しくも面白い世の中ができ上がると私は思う。

それはともかく、「チョコ断ち」の禁断症状も限界である。早くこいこい、バレンタインデー。

I WANT義理チョコ

東海林さだお

女の人は別にして、男は大人になるとチョコレートは食べない。

食べたいとは少しも思わないし、そばに置いてあったりすると、迷惑にさえ思う。

いまわしいものを見るような目付きで見る人もいるし、手で遠くへ押しやったりする人さえいる。

ところがここに、女の人がからんでくると話は別になる。

女の人がどういうふうにからんでくるかというと、バレンタインデーというかたちでからんでくる。

そうすると男の顔付きががぜん変わってくる。

どういうふうに変わってくるかというと、とりあえず鼻の下が伸びる。

バレンタインデーが近づくにつれて少しずつ伸びる。

人間というものは実にうまく出来ているもので、バレンタインデーが近づくと、どんな男の人でも、チョコレートと自分の関係が少しずつ濃くなっていくような気がしてくる。

つまり、（何かが起きる）と思ってしまうわけですね。

そうなると、チョコレートに抱いていた印象も少しずつ変わってくる。

いまわしいものを見るような目付きで見ていた人も、チョコレートが好物だったような気がしてくる。

遠くへ押しやっていた人も、エート、たしか一枚あったはずだ、なんて言って、ヒキダシの中を探しはじめたりする。

世の中の男という男がソワソワしはじめるわけですね。

ところが世の中というものは、うまくいかないように出来ているものなのだ。

バレンタインデー当日に、チョコレートを手にする男性は一体どのくらいいるのだろうか。

一度、総務庁統計局あたりが全国的な調査をしてみるとわかると思うのだが、意外に少ないのではないだろうか。

会社関係に勤めている人は、そのカラミで手にすることは多いだろうが、それ以外の職業の人は、バレンタインデーにはまことに縁がない。

実に寂しいものなのだ。

当日、日が暮れていくに従って、伸びていた鼻の下が少しずつ縮んでくる。「義理」でもなんでもいい、と思い始める。百円のでもいい、と思い始める。

日がとっぷり暮れて、はっきりとした見極めがつくと、行きつけのスナックあたりに出かけて行く。

そうすると、老いたるママがニヤリと笑って、

「そこにあるわよ」

と言う。

カウンターの上にカゴがあって、その中にチョコレートが山盛りになっている。

そのチョコレートは、薄く、小さく、愛情のカケラもないような、いかにも安そうなものばかりだ。

よくもまあ、こういうものばかり選んで集めてきたものだ、と思うようなものばかりだ。

せめて手渡してでもしてくれれば少しは救われるのだが、自分で取れ、と言う。

本来、人から手渡してもらうものを、自分で選んで取るぐらい情けないことはない。

なのに男は、カゴの中をジッとのぞきこむ。

少しでもいいものを、という魂胆である。

ママが、よくないものを、という方針で選び抜いた品々だから、いいものなんか一つもないのだが、それでも、少しでもいいものを、と、中を掻《か》きまわしたりする。実に情けない。

こういうのは、何チョコと言うのだろうか。

義理も人情もない。末世チョコとでも言うのだろうか。

翌日、ポケットをさぐるとこれが出てくる。

包装も何もしてない、定価百円のチョコレートである。

翌日こういうものを見ると、実に何の意味もありはしない。

それでも男は、ぼんやりとした目付きで包装紙を破り、銀紙をむき、〝チョコの台団地大売り出し中〟風に連なる宅地の一つを、ペキッと折って口に入れる。

人生の味はまことにほろ苦い、ということをこのチョコレートが教えてくれる。

チョコレートは単独で味わうものだと思っている人は多いが、意外にいろんなものとタッグマッチを行っている。

アーモンドチョコ、チョコレートパン、ウイスキーボンボン、チョコ入り鯛焼きというものもある。

そしてですね、あるんです、チョコカツというものも。

まあ、大抵の人は、「ゲッ」と思うでしょう。

しかもこれが、数々ある「早稲田名物」の一つになっているというから恐ろしい。

早稲田大学の周辺の学生御用達の店「フクちゃん」の入り口のガラス戸に、「いま話題のチョコトン650円」という貼り紙がしてある。

店の中には十八人ほどの学生がいて食事をしていたが、「チョコトン」を食べている人は一人もいない。

勇猛をふるって「チョコトン」と注文すると、出てきました、チョコトンが、湯気をあげて。

一見、ふつうのトンカツと変わらないが、切り口からチョコレートが、ドロリと溶けてはみ出しているのが恐ろしげだ。

思うにこれは、豚肉の上に薄い板チョコをのせ、それからコロモをつけて揚げてあるようだ。

ソースとカラシをつけ、一口、口に入れてみる。一体どんな味か。

あなたが想像したとおりの味です。

ドロリと溶けたチョコレートにまぶされた熱いゴハンと、コロモと、ソースとカラシの味が、口の中にドロリと拡がって思わず背中がゾクリとする。

飛行機に乗っていてエアポケットに入ったときのような心境だ。

あとから入ってきた近鉄の野茂投手に似た学生が、野茂風無感動態度で「チョコトン」と注文し、野茂風無表情で食べ始めたから、チョコカツファンというものもけっこういるようなのだ。

一途な瞳のバレンタイン

青木奈緒

大学の文学部で助手をしているうさ男君は中肉中背、東北育ちの色白で、いつ逢っても、いやー、どうも、なんて言いながら、はにかんだ笑みを浮かべてやってくる。打てば響くような反応のよさには欠けるけれど、歳もずいぶん離れていることから、その幾分まどろっこしいくらい考え深げなところが、私に言わせればかえってかわいい男の子である。

心の中でこっそりそう思ってはいるけれど、とうに二十歳を過ぎた立派な男性を男の子呼ばわりもなかろう。口に出してはきちんと名字に「さん」づけで呼んで、彼は将来世の女性を女の子とオバサンの二分にしかできないようなオヤジたちとは違って、もう少し見る目を持ってくれるだろうと期待している。女の子にもオバサンにも、どちらにも属したくない女の先行投資かもしれない。

いつだったか、用事があってうさ男君と顔をあわせたのは二月も末にかかり、長いコートの裾がもたもたとわずらわしく思える日だった。大通りを見おろす喫茶店で、先に着いた私を見つけてしきりに恐縮している。

「まあ、座って落ち着きなさいな」

うさ男君はつっ立ったままコートを脱ぐなり、いつも大事に持ち歩いているブリーフケースを開けにかかる。ところが半端な格好で留め金を開けたから、ブリーフケースはぱっくり口を開け、その拍子にテーブルの上のコップからは水が半分こぼれ、中からおよそ彼に似つかわしくない強烈なピンクでラッピングされた包みが現われた。これでもか、というような大きさのハートのシールまではってあって、これはどう見ても遅ればせのバレンタインデーのチョコレートに違いない。

ペーパータオルでテーブルにこぼれた水をふきとりながら、うさ男君は赤くなった顔をうつむかせて、私にも水がかからなかったかと口ごもりながら気づかっている。

「せっかくもらったチョコを今ごろ家へ持って帰るの？　ずいぶん遅いのね」

「いやー、そうじゃなくて。これは、そのぉ……」

困ったような、ゲンナリした表情を浮かべる。

チョコレートの贈り手とは、人数あわせにかりだされた合コンで知りあったのだそうだ。単に人数あわせだったんです、と私にまでいちいち断わるところがいかにもうさ男君らしい。そりゃ、率先して企画することはなかろうが、うさ男君だって合コンくらい行きたかろう。

そこではまず男性が適当に陣どり、女性たちは固まって、どう座る？　なんてよくある会話が交わされていた。選ぶのは表向きは座席でありながら、つまるところは当座、真正面に座る男性であり、ケーキのメニューを選ぶように、あたし、この男、なんては言えない。女同士の連帯感を重視して遠慮してみせるか、友情より合コンの目的を達成すべくめぼしい男に一歩でも近づくか。そこが思案のしどころである。

数秒の沈黙を破って、かわいらしげな女性の声がした。

「私、ここにすわるー」

小柄でひたむきなまなざしの女性が、迷わずうさ男君の前にやってきて腰をおろした。にっこりと笑みこぼれて、小さな八重歯がのぞいた。

「あんなかわいい子が僕の前にまっさきに来てくれて、嬉しいような気がしたし、びっくりもして……だって僕、もてる方じゃないから」

「でもそういうのって、ずいぶんなやり手だと思うよ。私、ここにすわるー、私、これたべるーって、実際その動作をしながら言うんだから、まったく無意味な言葉のようにも思えて、その実それを聞いた周囲の人は、その子がそうするのに何かもっともらしい理由でもあるかのような気にさせられる。御説ごもっとも、はい、どうぞ、って。わかってやってるんだったら、その子、たいしたもんよ」

八重歯の魅力にぞっこんのうさ男君を楽しく想像しながら、こちらは極めてオバサンくさくコメントせずにはいられない。

初めはまんざらでもなかったうさ男君だった。ところが、それから二度、彼女とデートしたところで、すっかりまいってしまったそうな。

ほーら、ごらん、と口をつく台詞をのみこんで、私は黙ってうなずいてみせた。

「いやー、なんていうか。あの一途な瞳で見つめられるのに堪えられないっていうか、シネクネした物腰にうんざりしちゃったっていうか。悪気はないんだろうけど、僕はもう少し淡白な方がいいかなぁ」

しばらくして、二月の声を聞くか聞かないうちに彼女はバレンタインデーの予約を入れてきた。再来週の土曜日、一日時間をください、と。

「これは男の身勝手だって言われると困っちゃうんですけど、僕たち、まだはっきりつきあってたわけでもなくて。バレンタインデーって、誰かにあらかじめ予約されるもんじゃないでしょ？　ま、一応は期待しながら、でも思いがけなくもらったチョコなんか眺めながら、これはきっと義理だよね、でもそれにしては少し力入ってるかなぁなんて、あることないこと想像するのが楽しいじゃありませんか。それなのに僕、あんなこと言われて、なんだかすっごく興ざめだった」

「で、どうしたの。一日つきあってあげたの？」

「いやー、丁度そのへんのところで北海道の大学まで仕事で行かなきゃならなかったので、とっさに思いついて行ってきました」

「まだ寒いのに、なにも北海道まで逃げ出さなくてもよかったのにね。ご苦労さま」

そう言いつつ笑ったものの、まさに我が意を得たりの感あり。これでなん回かデートを断わるうちに自然消滅してしまう。かわいい顔をしていても、厚かましい女は駆逐される！

「僕もそう思ったんですけどねぇ」

あにはからんや、彼女はひるむどころか押しの一手。逢ってください、渡したいものがあります、とあきらめる気配はない。しまいにうさ男君は面倒くさくなって、今日のこの日、私に会う前にわざと彼女とのアポイントメントを入れたのだそうだ。

「あとの約束があるからって、それを口実にすれば時間通りに出てこられるでしょ」

ほほう。

覚悟をきめたうさ男君の前に例のピンクの包みが出された。二週間遅れのバレンタイン。あまりに堂々とした時期はずれの贈りものは、うさ男君の方を気恥ずかしくさせた。

「そのとき彼女、ヒタッと見つめてこう言ったんですよ。やっと渡せてよかった。私、食べものも自分の気持も、粗末にするの嫌いなの、って。そりゃ、僕だって好きじゃない。だけど、なんかあんまりデリカシー感じられませんよね」

「女がみんなそうじゃないわよ。かわいそうなチョコに罪はないんだから、さっさと食べて忘れなさいな」

「でも女の人って、やっぱり思い入れが違うのかな。僕よりはバレンタインの回数だってもうちょっと多くこなしているんだから、そのあたり教えてくれませんか」

「私？　バレンタインに関してはわかんないわよ。だって今まで一度もあげたことないもん」

はっとして、悪いことを聞いちゃった、と言わんばかりに頭をかくうさ男君が気の毒になって、私は慌てて説明した。人並みにロマンスがなかったわけではないけれど、ドイツに長く暮らしていて、二月十四日にチョコレートをあげる習慣はなかった、と。

「いやー、そうですよね。日本だけでしょ、バレンタインはチョコレートの日って決まってるのは。でも日本ではチョコレートひとつも渡したことない人なんて、今どきすっごい希少価値だと思いますよ。ここまで守り通したんだから、これからも安易にチョコなんかプレゼントしないでくださいよ」

なんとまあ気楽に、私があとまだ回を重ねるであろうバレンタインデーとその可能

青木奈緒

性を無にしてくれる。若さゆえの曇りのなさよ。

　しかし冷静に考えて、うさ男君にいいよった女性の一途さは、さすがに三十代後半の自分はもう持ちあわせない。これから先、まかりまちがって人前で目玉が¥マークになることはあっても、両の瞳にハートを爛々と浮かべてチョコレートをさし出すなんてこと、もうなかろうな。いや、だが、ひょっとして、冷静に考えられなくなったときこそチョコの出番か……。

「あのー、これからいっそのこと、呑みに行っちゃいませんか。もう暗くなってきたし。今日はぜひ、僕に一杯おごらしてください。げん直ししましょうよ」

　年下のうさ男君はかわいい。

チョコレート

宮下奈都

若かった頃、バレンタインに意を決して、好きだった人にチョコレートを贈った。贈るのがチョコレートだけでは気に留めてもらえないかと思い、迷いに迷った末、ちょっと高級なお店で見つけたカップアンドソーサーもつけた。詳しく書こう。カップアンドソーサーの箱を一度開け、少し余裕のあったソーサーのスペースにおいしいチョコレートを詰めてからカップとソーサーを箱に戻し、蓋《ふた》を閉める。その上からきれいにラッピングして、郵送した。当時、好きだった人は遠方に住んでいたのである。

反応は特に芳しいものではなかった。コーヒーカップをありがとう、という電話をもらったくらいである。ちがう。大事なのは中に入っていたチョコレートなのだ。そう思ったけれど、あまり強くは出られなかった。こちらが一方的に思いを寄せていた相手だった。

ホワイトデーにお返しはなかった。つまりそういうことなのだと悟ってもよかったのに、もしかしたらイベント的なものがあまり好きではないのかもしれないと思ったりした。ホワイトデーの存在自体を知らないのかもしれない、とまで自分に都合よく解釈して、私はホワイトデーを忘れることにした。

時は流れた。うちには子供が三人いて、上のふたりが男子である。どちらもわりとぼんやりしている。この子たちもいつかホワイトデーを忘れて女の子に寂しい思いをさせるのではないかと心配になるくらいには十分ぼんやりしている。世の中にはホワイトデーという日があってね、と教えようとすると、「その話はバレンタインにチョコをもらってから聞くことにする」と遮られた。もっともである。

夫の部屋に大きな本棚がある。そこに、一生かかっても読み切れないんじゃないかと思うほど本が並んでいる。ぎっしり並んだ本の奥にもまた本があって、さらに足下にも積んであって、掃除のしようもない魔窟となっている。自由に取って読んでいいと夫は日頃からいっているけれど、あまり気が進まない。堅い本や重い本が多い。

ある日、調べたいことがあって本棚を眺めていたら、そこに箱を見つけた。本たちに挟まれて窮屈そうな箱。何の変哲もない箱だったのに、記憶の隅で何かが引っかかった。何だろう、というよりも、何だっけ、という感じだ。私は確かにこの箱を知っている。でも、中身を忘れてしまった。

　蓋を開けると、中から出てきたのはコーヒーカップだった。あのときのカップだ、と思い出すまでにしばらくかかった。ペアでほしかったのに勇気がなくて一客だけ贈った。ホワイトデーにも返事がなかったんだよなぁと懐かしく思い出す。ふと見ると、カップの下が少し盛り上がっていた。不思議に思って手で触れたら、そこから箱がさらに開いて、ソーサーを収納するスペースになっている。きれいな包み紙のチョコレートがそのままあった。二十年前のチョコレートだ。彼はここにチョコがあることに気づかなかったのだ。

　バレンタインにカップをもらうことがあったら、ソーサーがついているんじゃないかと疑え。そこに何かが隠されているんじゃないかと調べろ。二十年前の夫にいいたいが、すでに遅い。ゆくゆくは、ぼんやりした息子たちに伝授しなければならないだろう。

ヘフティのチョコレート　3000円

角田光代

三十六年間生きてきて、未だかつて男子にチョコレートを渡したことがない。というのが、私の自慢であった。自慢になり得るか否《いな》かはべつとして。学生のとき所属していたサークルで、女子がくじ引きで男子の名を引き、その男子にチョコを渡すという奇習が一時期あり、後輩だった私はなかば命令に近いその奇習に従っていたが、しかし、みずからの意志でチョコレートを贈ったことはただの一度もないのである。

男ってチョコが好きか？　という疑問がまずある。たとえばわたしは鮑《あわび》が食べられない。機会を得て幾度かチャレンジしてみたが、ついぞ好きにはなれなかった。さらにたとえば三月三日が鮑デーだったとしよう。この日は男が愛する女に鮑を贈るのが習わしなのである。私は鮑なんか絶対ほしくないし、その代用に炙《あぶ》りトロや明太子などと言われてもほしくない。だいたい、だれが定めたか知らない習わしに従って「鮑、鮑」と迎合する姿がみっともないし、だれが定めたか知らない習わしに従順に「なんかあげなきゃ、あげなきゃなんか」と焦る男もみっともない。

チョコレートを好きな男もいるだろう。けれど「チョコ、チョコ」男も「あげなきゃ、あげなきゃ」女も、鮑デーと同じように好ましくない。そんなわけで、ひとりバレンタインデーに反旗を翻《ひるがえ》していたのである。

ところが今年のバレンタインデー。私は突如チョコレートを購入したい気分になったのである。

これはいくつか理由があると思う。

まずチョコレートの種類の増加があげられる。私が若いむすめだったころは、今ほどチョコレートの種類は豊富ではなかった。都心の入り組んだ路地をくまなく歩けば、舶来もののチョコレート屋があったのかもしれないが、当時、自宅と学校を行き来するような生活圏には日本のメーカーのものしかなかったように記憶している。デパートに赴いても、ゴディバ、マキシムくらいしか買えなかったのではないか。

それが昨今、何も都心の入り組んだ路地をさまよい歩かずとも、近所のデパートにいけばじつにいろんなチョコレートが購入できる。デメルとかね。ポール・エヴァンとかね。

そしてバレンタイン近くなってくると、チョコレート売場が設営され、有名店から無名店から直輸入店から時期限定店まで、目がまわるくらいたくさんのショップが並ぶ。

一月もなかばごろから、私んちにはデパートからのDMがきて、開くとほぼ全部チョコレート売場の宣伝だった。けっ、ばーか、などと思う隙《ひま》もなく、私はそのDMに見入った。へえー、有名パティシエの限定品ねえ。ほほう、ベルギー直輸入ねえ。まあまあ、おフランスのこのチョコレートはこの時期だけしか日本では買えないのねえ。

各デパートによるチョコレートちらし攻撃は、さしてチョコレート好きでもない私にもじわじわと効果を及ぼした。あげたい、というよりも、買いたい、味わいたい、と購買意欲を妙にあおる。よっしゃ今年は買うべ、と私はひそかに決意した。デパート側の作為にまんまとひっかかったわけである。

そして初チョコ買いの他の理由として、私の年齢ということがある。男になんかチョコをあげてたまるかい、わけのわかんないものに踊らされやがってよう、資本主義社会がよう、というような若き日の気骨が、もはやないのだ。チョコレート？　どうぞどうぞ。愛の告白、いいねえ、いいですねえ。という、なんでもどうでもいいおばさん気分。

なんというか、私の気分はバレンタインデーの甘美な響きとはまったく反比例してやさぐれていくのだが、皮肉なことに、そうなるとチョコレートを買いたくなってくる。一月末から日本を染めるバレンタインムードに染まり、踊らされたくなってくる。

それで、バレンタインの前日、私は某デパートのチョコレート売場へと赴いた。

地下食料品売場には、ごていねいに「チョコレート売場はこちら」の貼り紙が至るところにある。それに従って奥へ進み、そして度肝を抜かれた。

そこにはすさまじい光景が展開されていた。フロアの一角はショップごとに細かく区分けされ、迷路状になっており、そのスペースだけ、ものすごい数の女たちが押し合いへし合いして群がっている。こういうの一度テレビで見たことある。離れた位置に立ち尽くし私は思った。ロシアの物資不足のときの映像がこんなんだった。あとモスクワにはじめてマクドナルドができたときもこんなふうだった。トイレットペーパーがなくなったときの白黒映像もたしかこんなふうだった。今はいったいいつの時代？　そしてここはどこ？

呆然《ぼうぜん》としていても仕方ない、私はその混雑のなかへ意を決して突入した。突入したものの、押し返されて気がつけば元の迷路入り口に戻っている。ありゃりゃ。もっと気合いを入れて突撃しないとチョコレートは買えないらしい。

このデパート売場に出店されているチョコレート屋の種類はものすごい数だった。

聞いたことのないブランドが目白押しである。当然、私はそれをひとつひとつ飽きるまで眺め、手にとり、さらに眺め、吟味し、もっとも希有《けう》な一品を選び出したいのだが、人の群れはショーウィンドウに近づくことも許さない。私は人の頭の隙間《すきま》から、ショーウィンドウに並んだチョコレートを垣間見《かいまみ》た。

好きな男にチョコレートをあげるために、この売場では女たちの闘争心が剝《む》き出しになっており、隙間から人が入りこんでチョコレートに近づくことをだれも許さない。足を踏まれ、肩を押され、脇腹を小突かれ、髪をひっぱられ、拳固《げんこ》でアッパーカットを決められ……というのは大げさであるが、しかしそれに近い状態が繰り広げられている。

女たちの闘争本能の狭間《はざま》で、クラゲのようになすがままにゆらゆらと意志とは反対方向へ移動し、次第にぼわーんとしてくる頭で私は考えた。三十六年間知らなかったが、チョコレートを買うってこんなにもたいへんなことなんだ。ちょっと男。ちょっと男、どうよ。女たちはこんな思いをしてチョコレートを奪い合うように買っているのだ。これが愛の姿なのだ。男よ、きみは見たことがあるのか、愛のすさまじさを。

私は女の偉大さに敬服せずにはいられなかったが、しかし、もし男がこの「我先に闘争」を見たら、チョコレートなんておそろしくて口にできないのではないか。

比較的空《す》いている店を選び、二本の足を踏ん張って店の前に陣取り、博物館で秘宝を見るように人の隙間からチョコレートを凝視した。チョコレートは段階ごとに値段がつけられている。1000円、2000円、3000円、5000円。やっと店の前に陣取ることができたのに、私はこの値段を見てまた迷う。バレンタインデーのチョコ相場はいくらなのか。この値段は愛の重さに比例するのか、それとも単なる記号か。

私とその横に立つ女の隙間に、ベビーカーをぐりぐりと押しこんで若妻が入ってきて、私を押しのけ、「この1000円の、1000円のを三つ！」と叫んでいる。ベビーカーのなかで子どもは泣いている。1000円を三つか。この若妻は夫とほかの男たちと分け隔てないチョコレートをあげるのだな。思索している私をさらに押しのけ、若い二人の女がきて、試食品のチョコレートを食べあさっている。食べたらさっさといなくなった。元の位置に戻りかけた私をふたたび押しのけ、香水の風呂に入ってきたような女が1000円のチョコレートを買っていく。続けざまに押しのけられたせいで、何かがキレかけた私は弾けるように香水女を突き飛ばし、「この3000円のをください！」と叫んでいた。この2000円差が私の闘争心なのかもしれなかった。

並み居る強豪たちと闘い抜き、獲物を手にし、疲れ切って私は家路をたどった。その夜恋人にそれを渡すと、彼は女たちの闘いなど露とも思い浮かばない風情《ふぜい》で、わーいチョコレートだー、と蓋《ふた》を開け、ぽいぽいっと二、三個口に放り投げた。私は未だ闘争現場にいるかのごとく彼を押しのけ、負けじとチョコレートを口に入れた。格別のおいしさがあった。

バレンタインデーがあのように血を見る女祭りだとは知らなかった。祭りは参加したほうがやっぱりたのしい。来年に向けて体を鍛えよう。チョコレートをむさぼり食いながら私はそう決意した。

角田光代

聖バレンタイン・デーの切り干し大根

村上春樹

ちょっと古い話になるけど、二月十四日の夕方に切り干し大根を作った。西友の前を歩いていたら農家のおばさんが道ばたでビニール袋に入った切り干しを売っていて、それを見たら急に食べたくなり、買ってしまった。一袋五十円である。それから近所の豆腐屋で厚あげと豆腐も買った。ここの豆腐屋の娘はちょっと毛深いけれど、割に親切で、かわいい。

家に帰って切り干し大根を一時間ほど水で戻し、ゴマ油で炒め、そこに八つに切った厚あげを入れ、だしと醬油と砂糖とみりんで味つけし、中火でぐつぐつと煮る。そのあいだにカセット・テープでB・B・キングを聴きながら、人参と大根のなますと、かぶとあぶらあげのみそ汁を作る。それから湯どうふを作り、はたはたを焼く。これがその日の夕食である。

それを食べていてふと思い出したのだが、二月十四日という日は聖バレンタイン・デーである。バレンタイン・デーというのは、女の子が男の子にチョコレートを贈る日である。そんな日の夕食にどうして僕は自分で作ったみそ汁をずるずると飲み、自分で作った切り干し大根の煮物を食べていなくちゃいけないんだろう？　そう考えると自分の人生がつくづく情けなくなった。これではまるで「ショージ君」ではないか？　チョコレートなんて誰一人としてくれない。女房でさえ「バレンタイン・デー？　へえ」なんて言いながら、僕の作った切り干し大根を黙々と食べている。

昔はこうではなかった。兵庫県立神戸高校の二年生の時は三人の女の子がチョコレートをくれた。早稲田大学文学部在学の時だって、そういうことはちょくちょくあった。しかし、ある時から突然僕の人生は正常な軌道をずれてしまって、僕は聖バレンタイン・デーの夕方に切り干し大根と厚あげの煮物を作るような人間になってしまったのだ。こんなことしていると今に「黄昏《たそがれ》」のヘンリー・フォンダみたいな老人になってしまいそうで、自分でも怖い。いやだいやだ。

チョコレート慕情

阿刀田高

チョコレートについて書く。

この原稿を書いているのが二月十四日。ちょうどバレンタイン・デーなので、行きつけの酒場あたりからご丁寧にも贈り物が届く。

これを見て小学六年生の娘が負けじとばかりハーシェイズのチョコレートを一枚買って来てくれた。これは私が時折ハーシェイズの板チョコを買うので、きっと私の好物だと判断したためらしい。

本当のことを言えば、この銘柄が格別好きなわけではない。匂いなんかは強過ぎて、時には少しなまぐさいような感じさえするのだが、それでもスーパー・マーケットの菓子棚にこれが並んでいるのを見ると、つい手を伸ばして買ってみたくなる。私たちの世代にとってはハーシェイズのチョコレートとラックスの石鹸《せっけん》、この二つは文化そのものの象徴であった。防空壕の長いトンネルを抜けると、そこにハーシェイズがあった、と言ってもよい。ラックスの匂いをかいだとき、アメリカ人はこんな石鹸を使っていたのか、これじゃあ戦争に敗けるわけだ、と彼と我との物資の豊かさのちがいをまざまざと感じたのは私だけではあるまい。

チョコレートの記憶は、昭和十六年、太平洋戦争の直前にまでさかのぼる。その頃、駅の待合室の隅に自動販売機があって、コインを入れハンドルを右に廻《まわ》せばミルク・キャラメル、左に廻すと板チョコが出て来た。これから察すると当時、板チョコとミルク・キャラメルとは同じ値段だったらしいが、その後チョコレートのほうが値上がりをして、今でもこの傾向は修正されていないのではあるまいか。

戦争が進むにつれ、チョコレートとはめっきり縁がなくなった。少なくとも昭和十九年、二十年あたりでは匂いさえ嗅《か》いだことがなかっただろう。当時の食糧事情を考えれば、チョコレートなど食べられるはずがない。もし食べたとすれば、その前後の事情をなにもかも明晰に覚えているにちがいない。だれがくれたか、いくつくれたか、だれと分けたか、すぐに食べたか、などなどを。そんな記憶はいささかもない。

久しく忘れていたチョコレートの香りを思い出したのは、たしか昭和二十一年の秋頃だった、と思う。その頃、私は新潟県の長岡市に住んでいた。進駐軍の兵士は東京でこそいくらでも見られただろうが、地方の町ではめずらしい。

ある日、駅の近くで遊んでいると列車が止まり窓が開いた。かねて話に聞くアメリカ兵が数人窓から顔を出して外を見ている。私たちは線路ぎわに駈けよって初めて異国の男たちを眺めた。

「ヘーイ」

とかなんとか叫んだかと思うと、窓の中の男たちがチョコレートを私たちに投げつける。銀紙に包んだ小さなチョコレートだったと思う。子どもたちはいっせいに飛びつく。

だが……私は一瞬たじろいでしまった。

昨日までの敵から、かような恵みを受けてよいものだろうか。いかに敗れたりとはいえ、投げられたものを争って拾っていいものだろうか。日本人の面目はどこへ行ったのか。まあ、大袈裟に言えば、そんな考えが頭の中をよぎった。

列車は動き出し、アメリカ兵たちは陽気に手を振って遠ざかった。

チョコレートを拾った子どもたちは、いっせいに紙をむいて食べ始める。私にはなにもない。なにしろ匂いの強い菓子である。しかもその匂いは芋ようかんやブドウ糖の塊などとはまるでちがっている。

真実、頭がクラクラした。

——どうして、オレも拾わなかったのか——

かえすがえすも残念だ。後悔が胸を刺す。なにもこんなところで恰好《かっこう》をつけることもなかったじゃないか。アメリカ兵のほうだって、実に軽い気持ちでバラ撒《ま》いてくれたんだ。猿に餌《えさ》を撒いて楽しむような気分ではなかっただろう。

チョコレートの匂いはしばらくのあいだ周辺に漂い、いつまでも無念さが残った。

ハーシェイズのチョコレートが時折手に入るようになったのは、それから間もない頃だったろう。初めのうちは高価な品だったらしく、なかなか一人で一枚もらえることはなかった。板チョコを凹《くぼ》みの線にそってパリンと割り、一センチ四方ほどのかけらを口の中でいつまでもいつまでも、とろけてなくなるまでなめていた。

父が二十枚入りの箱を買って来てくれたときは家族一同で万歳をしたのを覚えている。

今ではもうチョコレートなんかなんの感動もない菓子となった。近頃の子どもたちはチョコレート類より、むしろお酒のおつまみになるような菓子類を好むようになったとか。

もちろん私自身もチョコレートを頬張《ほおば》って楽しむ年齢ではない。肥満の敵と考えて、どちらかと言えば敬遠している食品の一つだ。

だが、なつかしさだけはいつまでたっても消えない。娘のくれたハーシェイズをパチンと割って嗅ぐと、敗戦直後のさまざまな感興が心に戻って来る。

バレンタイン・デーにはなんの思い出もないけれど、チョコレートのほうならば話はべつである。

玩具として買うには面白い

片岡義男

ハーシーの板チョコ、というものがいまでもある。あるどころではない、それこそ日本全国津々浦々のスーパーその他で、常に大量に販売されている。日本にすっかり根を下ろした習慣のようなものになった、と僕は感じる。戦後からの日本の歴史を、いまのスーパーの棚にならぶハーシーの板チョコに見ることは、じつにたやすく可能なのだ。

もっともスタンダードなハーシーの板チョコは、子供の頃の僕が身辺にいつも見ていたものと、基本的なコンセプトはまったくおなじである、という意味において大差はない。ほとんどおなじだと言っていい。こういうものがアメリカにはたくさんある。ハーシーのチョコレートがいつなくなるか、という冗談の議論をシアトルのコーヒー・ハウスで、アメリカの友人たちとおこなったことがある。キャデラックとどちらが先に消えるか、というあたりから周囲の席の人たちが議論に参加し、最後は収拾がつかなくなった。

太平洋戦争に大敗戦したあとの日本にとって、占領アメリカ兵たちとともに日本へ入って来たハーシーの板チョコは、アメリカの象徴と言うよりもアメリカそのものだった。敗戦日本の街かどで、通りかかるアメリカ兵のジープを追って、「ギヴ・ミー・チョコレート」と、日本の子供たちは叫んだという。ちゃんと構文になっている。当時の日本の子供たちに、こんなことが言えるわけない。占領日本というものをめぐって、大人たちが創作したエピソードのひとつだ。あるいは、こう言えばアメリカの兵隊たちはチョコレートをくれるよと、大人たちが子供たちをけしかけたのだ。

昭和二十五年頃だったかと思うが、僕が実際に聞いたのは、「チョコレート・ワン・サービス！」という叫び声だった。広島県呉市の駅に近い繁華街の一角に、洋画を上映するリッツという映画館があった。その前の歩道の縁に僕たち子供が何人か立っていたとき、オーストラリア兵のジープが通りかかった。五歳ほど年上の少年がそのジープを追っていき、「チョコレート・ワン・サービス！」と叫んだのだ。「ギヴ・ミー・チョコレート」よりもこちらのほうが、日本人の台詞としてはリアルさの度合いがはるかに高い。チョコレートをひとつください、という台詞の直訳として、見事に直訳の語順になっているではないか。チョコレートをひとつ、という言葉を直訳すると、チョコレート・ワンはもっとも正しい解答だ。そして、ください、の部分にはサービスという一語をあてた。サービスとは、日本語では一九五〇年ですでに、無料、無料にしろ、ただでくれろ、というような意味だった。

子供の頃の僕から現在の僕にいたるまで、ハーシーの板チョコは好きでも嫌いでもない、きわめて中立的な位置にある、と自分では思っている。ついでに書いておくと、ハーシーの板チョコは、形状としては確かに板だが、この板という日本語に正確に対応する英語を、僕はまだ聞いたことがない。英語ではチョコレート・バーと言われていて、いまでもそのままだ。板のようなかたちのものがバーと呼ばれることは、英語にはよくある。数センチほどの幅の板でも、長くなればバーなのだから、短くてもバーとしてとらえてなんの不都合もない、というようなことだろう。

六歳、七歳、八歳といった年齢の子供の頃、ハーシーのチョコレート・バーにいまひとつ心ときめくものを僕が覚えなかったのは、包装紙のデザインのせいではなかったか。ハーシーズ、という一語が包装紙の前面ほぼいっぱいに、四角く硬い感触で、デザインしてある。いまでもおなじだ。ここに重苦しさのようなものを、子供の僕は感じたのではなかったか。平坦な長方形であることも、やや重い雰囲気をかもし出す方向へと、加担していたように思われる。

包装紙をはがすと、当時の言葉では銀紙と言った薄い皮膜のようなもので、ぜんたいがくるまれていた。この銀紙もはがし、銀紙だけにして丁寧に平らにすると、それはまさに銀紙としか言いようのない、不思議な物体として目の前に軽く横たわるのだった。銀紙だけでくるまれた状態のバーの、あちこちを指先で押していくと、板状のチョコレートに刻んである縦と横の溝がへこみ、それによって規則的にならんでいるひと口サイズのいくつもの小さな長方形が、銀紙の下に浮き上がった。この遊びはやや面白かった。飽きると指先で強く押す。銀紙は破れ、その下のチョコレートがあらわれた。それはまさにチョコレート色をしていて、その事実も僕にとってはどちらかと言えばつまらないことだった。銀紙をすべてはがすと、溝に沿ってぜんたいをいくつものピースへと割っていく遊びが残るだけだ。だからみんな割ってしまう。完全に遊び道具だ。ひとつくらいは食べただろう。

そこへ友だちが遊びに来る。「ヨッショちょーん、あすぼうやぁー」と、家の外から何度も彼らは僕を呼ぶ。ヨシオという名である僕は、彼らからはヨッショちゃんと呼ばれていた。いくつものピースへと割った板チョコをひとつに集め、銀紙と包装紙にくるんで、僕はそれをポケットに入れる。友人たちと遊び場をめぐり歩き、忘れなければポケットからチョコレートを取り出して包装紙を広げ、彼らに提供する。誰もがチョコレートをたいそう好んだ。あっと言う間にひとつ残らずなくなり、包装紙や銀紙を持って帰る子供もいた。夏は柔らかくなって指先についた。その感触をいま僕は思い起こそうとしている。冬には硬くなった。これを金槌で叩いて砕き、細かい破片をヴァニラ・アイスクリームにふりかける、という食べかたを教えてくれたのは、両親がサンフランシスコ生まれの二世だという、ゴードンという名の少年だった。

チョコレートはカカオの樹の実から作る。カカオという言葉が英語に取り込まれてその語彙のひとつとなったとき、綴りはなぜかココアとなった。初めのうちはココアと発音されていたのだが、やがてこれもなぜだかわからないが、コウコウと発音されるようになった。日本の大学入試の英語の試験問題のひとつに、発音の知識を試すものが定番としてあり、ココアと綴ってコウコウと読むこの言葉は、ひっかけのひとつとしてかつてはしばしば出題された。いまでもそうだろうか。

チョコレートがアメリカに入ったのは独立革命の直前だったようだ。もちろん粉末、つまり飲み物としてだ。このチョコレートにミルクを加えてミルク・チョコレートとする方法は、一八七十年代のスイスですでに完成していた。一九世紀の終わりも近いアメリカで、キャラメルによって成功を収めたミルトン・ステイヴリー・ハーシーという人物が、このミルク・チョコレートを材料にしてチョコレート・バーを作ったのが、一九〇三年のことだ。

ひとつが五セントだったこのミルク・チョコレート・バーは、ただちに大成功となった。ミルクにチョコレートという掛け合わせが、手頃な大きさのバーという固形になっていて、気が向けば包装紙をはがすとすぐに食べることが出来、残りはふたたびくるんでとっておくことが出来るという、アメリカふうとしか言いようのない軽便さは、チョコレート・バーの大成功の少なくとも半分は支えているのではないか、と僕は思う。

あまりにも大成功だったので、ミルトン・ハーシーは自分の町をまったく新たに作ったほどだ。彼の生地であるペンシルヴァニア州のまんなかあたりに、自分の名をとってハーシーと名づけた町を彼は建設した。その町のためにいくつもの名前を彼は考えたが、どれもみな反対にあい、最後に残ったのがハーシーという名前だったという。

このハーシーの町は、なにからなにまでチョコレート、つまりハーシーによるものだった。少年だけを対象とした孤児院がよく知られていた。町の風向きを正確に調べ、風上にチョコレート工場を建設した、という話をハーシーで聞いたことがある。工場は常に操業中だから、チョコレートの香りは風に運ばれて町へと漂い、いつもその町をつつみ込んでいた、というような話だ。町の食堂でウエイトレスから聞いたのだが、遠来の人を楽しませつつ自分も楽しむ法螺話だったか、とも思う。「チョコレートはもうたくさん。ありすぎるほどにあるんだから」と、顔の前の空気を振り払うかのように、笑いながら彼女は手を振っていた。

チョコレート・バーのような硬い固形物ではなく、ぜんたいをくるみ込んでなおかつ柔らかさのある表皮のようなチョコレート、という別世界がある。内部にあるものは別なもので、その外をくるんでいるのが、ある程度の厚さのある、絶妙と言っていい柔らかさの、チョコレートの表皮層だ。一九二十年代のアメリカはキャンディ・バーの黄金時代だった。板チョコの板より、そのかたちははるかにバーだ。ある程度の長さのあるものから、さほど長くはない、むしろ短い、といったサイズまでいろいろだが、妙に持ちやすく、おそらくそのせいだろう、きわめて気さくな印象がある。なかにあるものはチョコレートの表皮層でくるまれ、それがさらに包装紙によってくるまれている。包装紙の一端を破れば、ただちにひと口、かじり取って食べることが出来る。この簡易で軽便な様子は、チョコレート・バーをしのいでいると僕は思う。

オー・ヘンリーやベイビー・ルースというキャンディ・バーが一九二〇年に登場している。ミルキー・ウエイ。バターフィンガーズ。ミスター・グッドバー。どれもみなたいへんにポピュラーなキャンディ・バーだ。いまでは日本全国どこの駅の売店でも売っているスニッカーズ。これらはすべて一九三〇年のアメリカに誕生した。スニッカーズを見るたびに僕は思うのだが、由来を知らずに字面だけを見ていると、スニッカーズという名称は相当に不思議なものだ。変な名前で由来が不明、そしてうちが本家だと主張している人が昔からあちこちにいる、という不思議な名称の食べ物がアメリカには多い。マウンド。ペイデイ。ホワッチャマコーリット。よく知られたキャンディ・バーだが、その名称はどれもみな不思議なものと言うほかない。

柔らかさのあるチョコレートの表皮層によってくるまれているのは、より淡いチョコレート味のヌガーだ。ヌガーには硬さや柔らかさがいろいろあり、ピーナッツのようなナッツ類その他、異物とも言うべき物が混入されている場合も多くあった。僕が子供の頃から好いているのは、三銃士という名前のものだ。チョコレートの表皮でくるんであるなかみでは、三銃士がいちばん気が利いている、と子供心に思った記憶がある。

三銃士がなければミルキー・ウエイでもよかった。二十四個入りのボール紙の箱がいくつも、棚にあったのを覚えている。アメリカでこれが世に出た一九三〇年を感じさせるデザインの包装紙に印刷されていた、ひとつだけの星の図案、そしてマースという会社のお菓子という意味だろう、ア・マース・コンフェクションという英語のひと言など、まだ僕の頭から抜けていない。当時は短めの、しかしかなり厚みのあるバーだった。ミルク・チョコレートの表皮によってぜんたいがくるまれ、上面の表皮のすぐ下には、溶けた柔らかいキャラメルの層があった。そしてそれ以外の部分は、モルテッド・ミルクの香りをつけたチョコレート・ヌガーだ。

こうしたヌガーの、なんらかの味のついた甘く柔らかい感触も、アメリカはなくてはならないものだろう。戦前や戦中のアメリカでは、キャンディ・バーは「フード・エナジー」として推奨され、軍隊にも大量に納入されていた。キャンディ・バーが人の体に供給するエナジー、というものをじつに多くの人たちが単純に信じていた。いまでもそういう人は多いだろう。会社でデスクに向き合ったまま、お昼はコーヒーを飲みながら引き出しから取り出したキャンディ・バー一本、という人たちだ。

バイト・サイズと名づけられた小さなキャンディ・バーを見たのは、一九八十年代のことだったか。いろんな種類の小さなキャンディ・バーが十数個、ひとつの袋に入っていた。いまでもあるかと思って探したら、ミルキー・ウエイのミニが十四個、袋入りになったものを見つけた。ひとつくらい食べてもいいと思う。フォーミュラが昔とおんなじ製品はアメリカに少なくない。子供の頃に食べたのとおなじ味がするだろうか、などと思いながら、ミルキー・ウエイのミニ・バーをひとつふたつ手にとって、僕は観察する。ヌガーの感触は、おそらくまったく同一だろう。食べてもいいけれどその前に、玩具としてなにかひとつ遊びをしてみたいものだ、などと僕は思う。さて、どんな遊びがあり得るか。

チョコレート

辻静雄

トローニャ爺さんの細工もの

フランスでお菓子の職人さんに、トローニャ爺さんを知っているかとたずねると、みんなちょっと、一瞬ひるんだ顔つきになり、ウィとうなずくはずである。それもそのはず、このトローニャ爺さんの細工ものは、ひとりフランスだけでなく、ヨーロッパはおろか、世界で最高といわれる。なにかことあるごとにその作品を出品すると、どんな職人もまず絶対、歯がたたないぐらいの仕事をするので知られているからである。ところが、職人の仕事は「つくる」ことだと達観しているこのトローニャ爺さん、何十年も栄光につつまれてきたのだから、名人然と、おっとりかまえ、もうすっかり商売のほうものんびりやっていけるだけ財産も残していると思いきや、さにあらず、つくった作品を高く売ろうとしないで、今でもあいもかわらずコツコツと心をこめてチョコレートをつくり、プティ・フールを飾り、ブリオーシュを毎朝のように焼いているのだ。もちろん、フランスじゅうのお菓子の職人さんから神様のようにその腕を恐れられているのだが、お店はいまだに、ごくちいちゃな、しがないといっていいぐらいの構え。いつも、ごつい指先は飴《あめ》だらけ。チョコレートやらクリームがベッタリついた前掛けをして、チョコマカと働いている。

このパリ第十区、リュー・シャトー＝ドー四十七番地のトローニャ爺さんの店へ、ロンドンから、はるばるエリザベス女王様のお使いがやってきてお菓子を注文した。ローマからはヴァティカンの法王が飴細工を御所望になるときくと、だれしもびっくりするにちがいない。

しかし、たとえばトローニャ爺さんのつくった植木や枯葉、はてはミニチュアのアパートからキジのような羽の色も鮮やかな飴細工、それに息子のクリスティアンのつくるところのチョコレート細工のビートルズを見たりすると、職人芸のもつ端正で虚心坦懐な、人の心の美しさに、こわして食べようなどという気にもならず、ガラスの箱に入れて、すえながく飾っておこうとまでするのもうなずける。

心をこめた手作りのチョコレート

パリにはこうした手作りのチョコレートを売る店がたくさんある。南米から最高のカカオを輸入し、生クリームは自前の農場でつくり、最高のリキュールをあつめて、おいしいチョコレートをつくろうと努力している。パリ在住の外交官たちの間で評判のキャニグー（リュー・ド・ラ・コンヴァンション六十九番地）をはじめ、アナトール・フランスがその『ル・プティ・ピエール』でこよなく愛《め》でたドゥボーヴ・エ・ギャレ（リュー・デ・サン＝ペール九十番地）はまたブリジッド・バルドーや、マダム・ドゴールのお気にいりの店。プラリネで有名なルノートル（リュー・ドートゥイユ四十四番地）など、枚挙にいとまがない。

日本やアメリカのように大きなメーカーが財力にものをいわせて、何百万、何千万個とオートメーションでつくり、甘い調べにのせてテレビのスポットでコマーシャルをいれ……といった行き方とは違うのだ。確かに大メーカーのチョコレートが多くの人々に安くて食べやすいチョコレートを提供してくれた功績は認めなければならない。たくさんつくれば、安く売れるようになるのは当然だし、それだけ売れれば、又、新製品を開発し、新しい味を届けてくれるのもうなずける。しかし、買った人も、もらった人も、思い出になるような、手作りの味をひとつひとつ丹念につくり出し、けっして天文学的な売り上げ高を目標にせずに、しっかりと地に足をつけて堅実に地盤を確立していくようなお菓子屋さんは日本では生きながらえていくことができなくなってきている。

おいしいものをかみしめて、ゆっくり味わい、束の間の人の世の楽しみを身にしみて感ずるという生活がどんどん忘れられていく今日この頃、味も包装も、西洋のに比べると、どうしてこうも日本のはチャチになってしまったのか。

買う人にも責任の一端はある。なにしろ選ばないのだ。なんでもいいから、いくら払ったかわかればいいという贈り物が横行する。お歳暮に一本何万円もする洋酒はどんどん売れても、同じ額で百枚しかはいっていない一箱のチョコレートが売れるものだろうか。しっとりとしたなかにも、華麗なデザインの箱のフタそのものが壁にかけられれば、それだけで、すでに一幅の絵になるようなつくりのチョコレートを売っているとしたら、日本人はこれを進物につかうだろうか。ベルギーでもスイスでも超一流のチョコレート屋さんが、ニューヨークの五番街あたりで、堂々と商売をしているが、そのヨーロッパ風の包装紙やリボン、飾り箱に、一粒ずつ心をこめてつくるチョコレートが入れられて、あのマス・プロ全盛のアメリカでも、けっこう人気の的になっているが、彼等は、売れるからといって、店の数を増やそうとはしないのだ。

ウイーンのコールマルクトにあるデーメルだって、あれだけアメリカ人の間で有名になれば、いくらでもニューヨークやロス・アンジェルスで支店をだすこともできようが、御主人のベルベッチーニ・パラヴィッチーニ男爵の方針で、けっして（ウィーン市内にも）出店《でみせ》を出そうなどということをしない（一九七二年春、男爵は、この店を売ってしまった）。

もっとも日本でこんな営業方針をとっていたら、大メーカーにつぶされてしまうかもしれないし、これはなにもお菓子屋さんに限らず、どの分野でも同じこと。なにしろ、お菓子なら、大きくて、安くさえあれば、まだまだ売れる国なのだから始末が悪い。

あついチョッコラータの香り

英語でチョコレート、ドイツ語でショコラーデ、イタリア語でチョッコラータ、フランス語でショコラ。いずれもスペイン経由（スペイン語ではチョコラーテ）で伝わった言葉で、もとをたどれば、カカオの実を煮出した苦い水を意味するアステカ語だというが、西洋の人が飲むチョコレートは日本でのココアを考えればよい。

ぜいたくを言うときりがないが、コーヒーと違って、このチョコレートをたしなむ場所にはなかなか気を使う。

僕にとって、ショコラーデを飲むのには、ハンブルク、アルスター湖畔、ホテル・

フィヤー・ヤーレスツァイテンのティー・ルーム、コンディの二階窓ぎわ、バーデン・バーデンのブレンナーズ・パーク・ホテルのロビーか、ミュンヘンのホテル・フィヤー・ヤーレスツァイテンのダイニング・ルーム、ヴァルターシュピールでなければならないし、ショコラならパリの第一区、ブールヴァール・ド・ラ・マドレーヌ十一番地のマルキーズ・ド・セヴィニェ（セヴィニェ侯爵夫人）のサロン・ド・テ、まるでヴェルサイユ宮殿の一角にでも居るような心地でいただくのが好きだし（これも惜しいかな、店をたたんでしまった）、これにパリ随一のほまれ高いタンラードのマロン・グラッセが欲しいところだ。

チョッコラータなら、ローマのヴィア・コンドッティのキャフェ・グレコ。あのシミのついたような壁のそばに、まるでマーク・トゥエインのように腰かけていたいところだし、秋深く人っ気のないヴェニスのサン・マルコ広場のキャフェ・フローリアンかクワドリで、独り熱いチョッコラータのカップを前に鳩でも眺めていたいところだ。

ザッハートルテの味わい

チョコレートを素材にしたデザートは無数にあるが、とりわけ有名なのがザッハートルテ。私の敬愛する友人のヨーゼフ・ヴェックスバーグさんによると、一八三二年、菓子職人ザッハーによってウイーンで作り出され、当時の高名な政治家クレメンス・フォン・メッテルニヒ侯爵に捧げられたというが、これは、アンズのジャムをぬって、ビター・スウィートのチョコレートをすっぽりかぶせてあるスポンジ・ケーキで、このザッハートルテをいただくのなら、どうしても生クリームを泡立てたシュラークオーバースをたっぷり浮かべたウィンナー・コーヒーがなければならない。

いずれにしても、たくさんつくってたくさん売ってという風潮があるなかに、こうした、のどかな手作りのお菓子、そしてチェーン店など夢々ふやさない行き方のキャフェやお菓子屋さんの数々がささやかながらも確固とした場所を占めていることは、なにかしら心なごむものである。

チョコレート—*le chocolat*

鹿島茂

最近のヴァレンタインデーではプレゼントする品はチョコレートでなくともいいらしいが、それでも、女の子たちは、本命の男の子に対しては、よりレアーな手作りチョコレートをと、血眼になって探しているようだ。

ところで、手作りのチョコレートといえば、十九世紀の前半まで、チョコレートはすべて手作りの限定品だったことを忘れてはならない。なぜかというと、チョコレートというのは、カカオと砂糖を混ぜて作るものだが、このカカオと砂糖を均質にすりつぶして混ぜることが極度の熟練を要して、大量生産にはむかなかったからだ。

そのため、チョコレートは大金持ちだけが賞味できる高価な嗜好《しこう》品、ときには媚薬《びやく》とさえ考えられていた。

ところが、一八五五年のパリ万博に出品されて金賞を獲得したドゥヴァンク社のチョコレート製造機の出現で様相は一変する。すなわちカカオ豆の洗浄・焙煎《ばいせん》からタブレットの包装までの全工程をオートメーションで行なうドゥヴァンク社の機械は、これまでむずかしいとされた粉砕・攪拌《かくはん》の工程を苦もなく処理して、どんな手作りチョコレートにも負けない製品を短時間で製造したのである。

この製造機を使ってチョコレートの大量生産に乗りだしたのが、フランスのチョコレート・メーカー、ムーニエ社の二代目の社長エミール・ムーニエである。

エミールは流通過程の合理化にも着手し、まずニカラグアに大規模なカカオ園を設けて安い原料を確保した上で、これを人件費の安いロンドンに送って、完成品をフランスで販売するという国際分業を試みた。さらに国内生産のメドが立つと、従業員のための学校、食堂、図書館を備えた理想的工場を建設した。

それだけではない。チョコレートが子供たちのもっとも好きなお菓子となることを見越して、小さな女の子（通称ムーニエちゃん）が壁にショコラ・ムーニエといたずら書きしているポスターを製作してフランス中に張りだしたが、この大量宣伝の方法は見事、時代の波に乗り、ムーニエ社を世界的なチョコレート・メーカーに躍進させることとなる。戦前の日本でもメニエル・チョコレートの名で親しまれた。

ムーニエ社は一九七〇年にマッキントッシュ社に買収され、現在はネスレの傘下に入っているが、ムーニエ社のシンボル・マーク「ムーニエちゃん」はフランス人にとって、いまでもチョコレートの記憶と結びついている。「ムーニエちゃん」は永遠に不滅なのである。

鹿島茂

幸せショコラの原風景

小椋三嘉

ロバのパン屋さん

フランスの子どもたちにとっての幸せショコラの原風景は、毎朝のショコラドリンクにショコラペースト、下校途中の板チョコを挟んだバゲット、パン・オ・ショコラ、そしてクリスマスや復活祭の動物などを象《かたど》った特別なショコラです。

日本ではどうでしょう。子どもたちにとっての幸せショコラ。そう。かつてありました。ロバのパン屋さん。

ご存知ですか？　生きた馬がショーケースの荷台を牽《ひ》く移動式のパン屋さんのことで、私が子どものころには見ることができました。ドラマチックに出没するので、幼い子どもにとってはかなりのインパクトがありました。いつも遠くからスピーカーで、『パン売りのロバさん』という歌を流しながらやってきます。

それはどんな子どもも笑顔にしてしまう幸せソング。歌詞を口ずさむだけで子どもだったころの高揚感が蘇《よみがえ》ってきて、アドレナリンが急上昇してしまうほどです。

遠くに見えて音楽も聞こえるのに、お客さんがいると途中で幾度も停《と》まるので、自分の家の前にはなかなかやってきません。まもなくくる、もうすぐだ、と、胸は逸《はや》るばかりでした。

チョコレートパンの歌

ショーケースにはメリーゴーラウンドの屋根のようなヒラヒラしたストライプの飾りがついて、中にはドーム形になった何種類もの蒸しパンが並んでいました。チョコレートパンもありました。表面がパカッと割れた蒸しパンのうえにチョコレートがかかったシンプルなものですが、それでも四番まである歌詞のすべてのリフレーンに登場するだけあって、ショーケースの中の花形でした。

ロバのおじさん　チンカラリン
チンカラリンロン　やってくる

ジャムパン　ロールパン
できたて　やきたて　いかがです
チョコレートパンも　アンパンも
なんでもあります　チンカラリン
（『パン売りのロバさん』作詞　矢野亮　作曲　豊田稔　発売元キングレコード）

幸せショコラの原風景

忘れていた記憶が頭の中に急速に蘇ってきたのは、東京、外苑前にあるレストラン「ル　ゴロワ」※でのことでした。このレストランのオーナーはシェフの大塚健一さんとマダムの敬子さんというオシドリ夫妻。居心地のいい空間で美味《おい》しいお料理がいただけるので、ときどき食事にうかがいます。

東京生まれの敬子さんと私は同世代ということもあり、ある日、意外な共通点を知りました。それがロバのパン屋さんだったのです。

私たちは二人とも口ずさめるほどメロディーをはっきりと覚えていて、歌を聴くと子どものころと変わらない興奮と幸せ感に包まれるのです。それを考えると、当時の子どもたちに与えたロバのパン屋さんの歌の影響力がどれほど大きかったことか。

私にとっての幸せショコラの原風景は、このロバのパン屋さんと、その歌の中に登場するチョコレートパンだったような気がします。

フランスで再会、少女の夢とマカロン・オ・ショコラを載せた馬車

その後、私は意外なところで、まったく別の馬車に出合うことになりました。少女たちを魅了する現代の馬車はフランスにありました。

生きた馬も歌も、残念ながらありませんでしたが、メルヘンティックな荷台のショーケースには、カラフルなマカロンが並んでいました。ショコラもあります。数種類あるマカロン・オ・ショコラ。

フランスで出合ったのは、可動式のラデュレの馬車だったのです。二〇〇九年春からは、日本のラデュレでも馬車が稼働をはじめました。

ロバのパン屋さんが幼いころに私たちに与えた大きな幸せを、再び届けてくれる馬車があったなら、子どもたちはどんなに嬉しいことでしょう。ラデュレが生きた馬を連れて歌を流しながら、東京銀座の中央通りに移動式の店を開いてくれたら嬉しい、などと、ひとり妄想しています。

※現在は北海道に移転。

小椋三嘉

燈火節のクレープ

増田れい子

〈ショコラ〉というと、アラブ系らしい静かな顔立ちの男の人は、大きなうちわほどもある渋茶色のクレープを一枚とって、チョコレートをひとはけぬり、すばやく折りたたんで扇子形になったのをもうひとつふたつ折り、ほとんど三角形にして、白いパラフィン紙にのせて手渡してくれた。モンマルトルあたりの何という広場だったか、真冬のパリで、石だたみが青黒く光っている。すべてが冷え冷えしていて、てのひらのなかのクレープだけがあたたかかった。口にするとそのクレープは見た目よりずっとかたく、木の皮のようにパリッとしていた。店は屋台で、その鉄板の上から、甘く切ないようなにおいが、広場にしみ出していた。

クレープがなつかしいのは、こどもの時分、ままごとの延長のようにして、はじめて火を使わせてもらい、メリケン粉をといたものをフライパンで焼かせてもらった、その輝かしい思い出につながるからだろう、と思う。粉とタマゴとほんの少しの砂糖、お菓子の素材をもっとも単純に組み合わせただけの飾り気のないたべもの。自分の手でつくった最初のお菓子というよろこびもある。かたずをのんで出来上がりを待った小さな興奮が、よみがえってくる。

いまごろ、ちょっとしゃれたレストランや小粋なビストロで、クレープを頼むと、ほんとうに絹布のようにやわらかくデリケートに焼きあげたのが、ブランデーのしずくを光らせて出てくるが、これはアメリカ風のクレープとよばれていて、パリ風のは、もっと固いのをさす。つまり、ベーキング・パウダーを入れるか入れないかで、やわらかい、かたいが決まってくる。パリ風は入れない。材料と分量は、小麦粉一一〇グラム、牛乳一八〇cc、玉子二個、塩少々。つくり方は、玉子をよくときほぐし、牛乳でのばして塩を加え、そこへ小麦粉をふるって(空気を入れるため)入れ、まぜ合わせて、三十分ほど寝かしておく。この場合、砂糖は本式には入れないで、あとで砂糖でも、ジャムでも包んで食べる。とかしバターだけであっさり食べてもなかなか乙《おつ》なものである。

フライパンはうんと熱くしておいて、油をとかし、薄焼きタマゴの要領で手早く焼きあげる。

ところで、フランスあたりでは、クレープの日というのがあるそうだ。二月二日、日本でいえば節分、立春のころにあたるが、その日を燈火節（聖燭節）とよぶ。燈火節には、必ず、クレープを食べる。この日にクレープを食べると、一年中お金に不自由しない、という言い伝えがあるそうで、主婦はせっせと台所でクレープづくりにはげむ。そのとき、利き腕の方のてのひらに銀貨を一枚にぎり、その手で、フライパンの中のクレープを空中高く放りあげて裏返す。

でも、このごろでは、そんな楽しくもまた面倒なクレープ焼きにいそしむ人は少なくなって、燈火節というと、さっさとまちへクレープを買いに行くようだ、とパリにいる女友だちがいっていた。

それにしてもなぜ、燈火節にはクレープを焼くのだろうか。聖燭節ともいわれるように旧教ではこの日に一年中に用いる蠟燭《ろうそく》をきよめるのだ、という。蠟燭→火→春の訪れ→幸せ。天にあっては太陽、家にあってはあたたかな火、煮たきの火。春の訪れをよろこび迎えながら、人々は浄《きよ》い火でクレープを焼き、健康と幸せをねがいつつ、クレープを食べるのだろう。季節と人々の暮らしがこの日を期して幸せに向く、そんな心おどるクレープの日。私は燈火節とクレープを幸せというリボンで結びつけて考えたい。

木枯らしが、東京のまちを総なめにしているような日の、暮れがただった。一番星が光っていた。渋谷駅からまっすぐNHKホール方面へ向けて、パルコや東武ホテルや山手教会のある坂道、通称公園通りをコッコツのぼってゆくと、小さなバラ色の幌馬車に出くわした。東武ホテルのちょうど向かい側のあたりである。クレープが焼けていた。幌馬車のなかには、二つの厚い丸い鉄板が置いてあって、娘さんがメリケン粉をたらしていた。夢ではない。ジャムのびん、マーマレードのびん、そしてコワントロー、ラムのびんも並んでいた。芳香が、うすやみをそっと包んでいる。

〈ショコラ〉と思わずよびかけると、パリのまちかどで食べたのと寸分違わぬパリンとした大きなクレープが手渡された。

幌馬車にはマリオン・クレープと看板が出ていた。恋人らしい連れが買って行く。つとめ帰りの女の人が立ち寄る。

あとで聞いたら、店主は、慶大経済出身、パリで演劇を学んできた青年岸伊和男さん、といった。岸さんは「らぶれ」(ラブレー)というグループのなかのひとりで、このグループの志はいままでの型にはまらない文化運動を展開して行くことだそうだ。クレープ屋さんも、その運動のひとつで、だから、クレープを売ってもうけるというより、若い人たちにクレープを通して夢やたのしさ、幸せや愛を感じてもらうのが目的なのですといった。

渋谷の公園通りに、幸せを商う店がこうして出来た。

チョコレートとワイン

田崎眞也

ずっと以前、ワインと合わない食べ物というと、卵料理、サラダ、ヴィネガーを多く使ったマリネなどと共に、チョコレートもそのひとつでした。

しかし、チョコレートが大好きで、レストランのデザートメニューにチョコレートを使った一品がないなどというのはあり得ないといわれるフランスで、チョコレートに合うワインがない、チョコレートにワインが合わないということ自体が、食卓の愉しみを奪う重大なポイントだったのでしょう。

その合わない理由は、チョコレートの多量に含むポリフェノール類で、赤ワインのそれをはるかに超えることから、どんなタイプのワインでもチョコレートと共に味わうと、苦味が増し、また甘味によって、甘口ワインでさえも酸味がひじょうに強く感じられ、どちらもバランスをくずしてしまうということでした。

そして、その難題であったチョコレートに対し、彗星《すいせい》のごとく現れたのが、南仏、スペイン国境に近いバニュルスと呼ぶ港町の背後に広がるブドウ畑から産まれる甘口ワインで、醸造中に、ブドウから造ったブランデーを加え発酵を途中で止め、自然の甘味を多く残す天然甘口ワイン（酒精強化ワイン）。その名も町の名と同じバニュルスと呼ぶワインでした。

白もロゼも少量造られていますが、主体はグルナッシュ種を主に造った赤ワインで、アルコール分は一八－一九%。糖分も多く、同時に渋味成分であるポリフェノール類も多いこのワインは、チョコレートのそれらになんら屈することなく、対等に向かい合い、そして、みごとな相性を愉しませてくれます。

そのチョコレートとの相性の提案以来、小さな港町で造られていた町の特産品は、あっという間に世界中の食通達から支持され、ここ日本においても、ちょっとしたレストランではサービスされるようになりました。

ちなみに、ほとんどの店でグラスワインとして販売されているので、ぜひデザートの時にたずねてみてはいかがでしょうか。チョコレートの風味が何倍にも華やかに広がります。

また、バニュルスの近くにあるモーリーと呼ぶワインも同じ天然甘口ワインとして知られていて、やはりチョコレートによく合います。

そして、どちらかと言えば、同じタイプでより歴史のあるポルトガル産のポートワイン。とくに、ルビーポート系のレイト・ボトルド・ヴィンテージや、ヴィンテージ・ポートなどはやはりポリフェノール類が豊富で、チョコレートのボリューム感とも十分対応でき、風味の調和も豊かに広がります。

チョコレートにワイン、となると他にはやはりなかなか難しいのですが、ワイン以外だと、昔から言われているようにブランデー、とくに熟成が進むとほのかにチョコレートの香りが感じられるアルマニャックなどが香りの点で調和します。

さらに、甘味を多く含むリキュールには、ほとんどオールマイティーです。たとえばオレンジ風味のグラン・マルニエやコワントロー、ハーブを多く使ったシャルトリューズやベネディクティン、そして、チョコレートに添えてある他の素材によって、カシスのリキュールやラズベリーのリキュール、ピーチのリキュールなどを合わせたり、または、フルーツをベースにしたホワイトブランデーなども相性の幅を広げる材料となり得ます。

食事の最後を演出するチョコレートと共に、もしそこにピッタリの飲み物が添えられれば、その演出はさらに華やかなものになるでしょう。

消えた生チョコレート

森村桂

夏の終り、ザルツブルクから帰った私は、異常に昂奮していた。南まわりの飛行機で夜中に東京のわが家に着いたにもかかわらず、翌日の朝から丸二日間、台所に立ちずくめで〝生チョコレートの研究〟に熱中していたのだ。

ザルツブルクのお菓子屋さんで分けてもらったチョコレートをもとに、とにもかくにも、〝トリッフ・チョコレート〟あるいは、〝フレッシュ・チョコレートクリーム〟を作らねばならなかったからだ。

「ね、どう？　今度は」

祈るような思いで、わが『暮しの学校』の生徒たちに聞く。

何しろ、彼女たちだけが頼りなのだ。彼女たちは、私と一緒に、スイスのあの店で、あの生チョコレートを食べたのだから。

「おいしい！　似て来たわ、とても。だけど、後味がちがう」

「そうか……」

いくらおいしくても、後味がちがえば、話にならない。かくてもう一度ふり出しにもどる。

「……ということは、生クリームじゃダメなのよ。バターでもダメだったし……、さて、何のクリームだろう……」

血まなこで、ない知恵をしぼりながら、何とも奇妙な気がしてくる。一体、何でまた、こんなに凝ってしまったのだろう。

＊

実は、私はスイスのある店で、そのトリッフ・チョコレートなるものを買って来たのだ。今度の旅行の目的は、私はジャム作りをしたくてたまらなかったのだけれど、その他に、〝ヨーロッパ五大ケーキ屋めぐり〟というのが含まれていた。『暮しの学校』の生徒がわが家に来て以来、ケーキを焼いたり、誰かのフランスのお土産《みやげ》のチョコレートを食べるたびに私が、そういえば、どこどこの、ナニナニというチョコレートは、こんな味がしてとか、ザルツブルクのチーズケーキは、などと毎回講釈がうる

さいものだから、いつのまにか熱がうつり、

「ネ、桂さんのいう、五大ケーキ屋めぐりしましょうよ」

「私、死ぬほどジャムが煮たい」

「ぜったい、そのパン屋さんで、修業する」

私の方が引きずられた形で行くことになったのだ。

さてそこで、ジャム作り、ケーキ屋めぐり、パン屋さんでパン作りの修業と忙しくも怠惰な毎日を過したのだけれど、ここに、思いもかけぬものが加わった。

〝チョコレート狂い〟である。

ヨーロッパにたった五軒しかない七つ星マーク（もっとも〝権威〟はあるのだが、残念なことに、世間サマに出ると全く意味がない。何故かというと、私が選んだからだ）のケーキ屋さんの一つが、チューリッヒのスプリングリーだった。一番先にそこに到着したわれわれは、二階のティールームで、ケーキをはじからとって、味見をし、もうこれ以上食べたら、急性糖尿病であの世行き、となった時、やっと、あきらめて立ち上り、今度は、下のお店で、ケーキやプチフール、チョコレートをジーッとにらんでは、おいしいと思うものを少しずつ、紙袋に持ちきれないほど、買いこんだ。とはいえ、そのトリッフ・チョコレートは、たまたま、箱が手さげになってて面白いからという理由だけで、買ったにすぎなかった。

だからザルツブルクに行く汽車の中で、同じコンパートの人に、どうぞどうぞなどと、気楽にすすめたものだった。

ザルツブルクに着いたその日、みんなはそのチョコレートを食べたが、私は他のものばかり味わっていた。食べものというものには勘がいる。ジイッとにらんで、おいしいなと思ったものは、たいていおいしい。私はよくラーメン屋さんなどで、料理をつくるたびにいちいち味見しているコックさんには恐縮する。一皿二百五十円か三百円のものにこんなに一つ一つ味見してくれるなんて、ありがたくてならない。しかし、ある一軒の店で、その味見を、小皿にとってするのでなく、例の大きなオタマごと味見し、そのままよそっているのを見て、ありがたすぎて深情け、神経質の私は、その店へ行くのがいやになった。中国では、自分のお箸でとってあげるのが親しみを表すエチケットだとは聞いているけど……。

たしかに、料理というものには味見が第一だ。しかし、本当の職人というのは、味を舌でみない。指先でみたり、眼力でみたり、そして自分の作るものならたいていは、勘で解《わか》る筈だ、などと、無責任に教えてくれた人の言葉を、かたくなに信じこんでいる私は、お菓子屋の店先に行くと、ジッと穴のあくほどケーキをみつめる。知らない人は、そのケーキに何か恨みがあるのかと誤解する。

ジイッとにらんで、

「これとこれとこれ」

という時の気分、勝負師が、

「丁！」

とか
「半！」

とかいう時の気持ちと同じだろう。ぐっと、肚《はら》に力がこもる。めでたく自分のものとなったそれを一つ一つお皿の上でにらんで、うむ、まちがいないと思ってナイフを入れる。一個食べてたら、次に控えた、あと五個とか十一個が食べられないから、ナイフで、二つに切るとか四つに切って、それをソォ〜と舌の先に……。

まず、たいてい、まちがいない。もちろん、シマッタと思う時もあれば、意外や意外、念のために買っただけのものが、こんなに――、と思う時もある。だけど、おおよそ、まちがいない。ところがそのトリップフ・チョコレートは、まさに意外や意外のベスト10のうちの一つだった。

「うわ！　これ、おいしい」

二十歳をこえたばかりの少女が、感にたえぬような声を出した。彼女は、もっとも感受性の強い時にわが家に来て、私の知ってるお菓子というお菓子を、はじから食べ

させられては、

「どう、これ、おいしいでしょ」

「ね、これこそ、パイの中のパイなのダ」

などと〝洗脳〟されてしまったから、私にとって、もっとも好きな、ある種の舌を持ってしまっている。ナルホド、おいしいか、とは思ったが、でも、マサカと思った。だって、ゴルフ・ボールを小さくしたようなそのチョコレートの玉は、表面がいがぐりのような感じではあるが、チョコレートの粉をまぶした今流行の甘さをおさえた感じのものでなく、ツルツルしていかにも甘そうなのだ。

「甘いんでしょ」

「うん、そういえば、桂さんには、ちょっと、甘いかもね」

何しろ、味わわねばならぬ（ならぬことなど、思えば全くないのだが）お菓子もチョコレートも山とある。アーモンドの入ったチョコレートやチョコレートケーキやプチフールに夢中だったから、私は、そのまま、そのチョコレートのことを忘れてしまった。

＊

ところが二日ほどたってから、その少女は、何かの折に、ふっとまたいったのだ。

「あのスイスのチョコレート、おいしかったなア」

「え、え、何の?」

「いがぐりのよ。おいしかったア」

「ああ、まだ残ってるでしょ、食べれば」

「桂さん、どうして食べないの!」

驚いたことに、私をとがめるような目でみつめている。べつに彼女のオヤジさんが作ったってわけでもないのに。

「食べる、食べる。でも、今日は食べるもの、たくさんあるんだ」

「あのチョコレート、おいしかったなア、ほんとに」

彼女は、手の甲でアゴをささえ、夢みるように目をつぶってしまった。

「チョコレートがこんなにおいしいもんだと思わなかった。それが解っただけで、今度の旅行は収穫よ。私、チョコレート、小さい時はたしかに好きだったんだけど、いつごろからか、どうしても食べられなくなった。甘ったるくて、後味がわるくて、気分悪くなる。今度こそと思って食べても同じ」

「へえ、ほんと」

同じ気持ちの人が世の中にはいるものだ。私は身をのり出した。

「私のこと、家の人も友だちも、チョコレートが好きだって思いこんでるでしょ。私も好きだと思いこんでるんだけど、でも日本じゃチョコレートを食べることって、めったにない。ほんのたまに、小さいの一個食べたら充分て感じ」

なのにザルツブルクに来ると、どうして、一日に二個も三個も食べてしまうんだろうと、実に不思議な気がしてたのだ。日本のチョコレートは甘すぎるのか、強すぎるのか、それと同時に、香りがちがうような気がする。

そしてそのせいか、何よりもちがうのは、後味だ。

私は、お菓子にとって必要なのは、もちろん風味だと思う。そして同じくらい大事なのは後味である。いつか、あるお寿司屋さんが、おいしいものは一口食べておいしいと思うのではなく、店を出て、横丁を曲ったころ、

「ああ、うまかったナ」

と思うのがいちばんおいしい、ということなんだといっていたけれど、食べものに共通することは、後味だ。私は一口食べておいしいと思い、二口食べても最後の一口もおいしいと思いたい。でも、何よりも、食べ終った時、ああ、なんておいしかったんだろう、と思うものと、いつも出逢っていたい。

そういえば、いつか娘時代、山へ行くために家の近くのマーケットで、二百グラム八十円とかの揚げせんべいを買ったことがある。二種類を前にして、さて、両方買おうか、どっちかにしようか、迷いに迷い、

「どっちがおいしいですか」

と店員さんに聞いた。田舎から出て来てまもないようなその若い店員さんは、即座に、こっちですと小さい方を指さした。

「どうして？　こっちはおいしくないの」

と、その質問に彼女はちょっと黙ってから、赤くなって、

「こっちの方もおいしいです。でも、これは、食べたあと、また食べたい」

何てすばらしい答えだろうと思った。私はその小さな揚げせんべいが、この世でいちばんおいしいものに思われ、「これ、四百グラム下さい」そして、意気ようようと、その揚げせんべいを山に持っていったものだった。

日本のチョコレートは、缶やつつみ紙が美しく、いかにも上等そうだ。私には強すぎるが、でもおいしいものもずいぶんある。ただ、惜《お》しいことに、後味のことが、ついつい後になっている感じだ。

「食べてみるわ」

私はそのいがぐりチョコレートを食べる気になった。無造作に半分かじって食べようとした時、

「アア……　そんなに乱暴に食べないで」

少女は悲鳴に近い声を出した。私も後悔していた。しかしすでに遅く、その時、口

の中に、とろっとやわらかいチョコレートが流れこんだのだ。私はその半分を歯からはずそうとした。と、チョコレートはねばりのあるクリームとなってのび、そして、舌の上にはまろやかな、全くくせのない、チョコレートの味がしみこんでいったのだった。

「こ、これは……」

私は狼狽していた。手にのせてみるみるとけるチョコレートというのは知っている。しかし、とけるにはとけるが、とけてなくなるのではなく、とけてなお力づよく残っている。これは、よく練った中国のゴマ油をつかった黒いアンのようなチョコレートなのだ。

「へえ！　こんなチョコレートがあったの」

「なのに、桂さんときたら、汽車の中で、誰かれかまわず、隣のコンパートの人にまで上げちゃうんだもん」

「だって、隣りのコンパートじゃOさんがお世話になってんだもの。よろこんでくれたじゃない」

「当り前よ。こんなおいしいの。私、一つ食べた時、死ぬか、と思った。これ、『暮しの学校』に来て食べた、ベスト5のうちの一つになるわ」

「食べない？　あとの。どうせ今日は二人で留守番なんだから、食べちゃっても怒らないわよ」

「ううん、私、食べない。多分、日本に帰る時、またここに寄るまで、食べないと思うわ」

彼女は、少女の感受性を人一倍持っていた。それほど、彼女にとってそのチョコレートはおいしかったのだ。少女は私に約束させた。

「あと、このチョコレートを食べる時は、必ず、私の目の前で食べてね。知らない間に食べたらダメ」

私は約束した。そしてもう一つといって食べる私の口もとを、彼女は、ジイッとにらみつけつづけたのだった。私はノドがつまり、恨みで殺されるのではないかというほどだった。でもまるで、〝麻薬〟かなにかのように、私は、途中でやめることができず、次々と食べつづけずにはいられなかった。

その日から、私はチョコレートというチョコレートを捜しまわった。そして、一日に、六個とか七個、平気でチョコレートを食べるようになっていた。

帰国の折、私たちはまたチューリッヒのその店に寄った。そこで、チョコレートケーキ、プチフールを買い、そして、そのいがぐりのチョコレートを、いく箱も買った。どうしてもあげたい人のための、お土産にするつもりだったのだが、私はそこで、このチョコレートは、一体何だ、どうやって作るのかと、何回もしつこく聞いたものだから、相当怪しまれてしまった。結局、〝フレッシュ・チョコレート〟あるいはチョコレートクリームということだけしか答えてもらえず、どうやって作るかなど、モチロン答えてもらえなかった。聞いてるうちに、あわてたのは、

「四日しか、もたない」

という言葉だった。かたまったチョコレートが、四日しかもたないなど、私は想像したこともなかったからだ。これはいわば、生チョコレートだったのだ。

「日本へ持って帰るのか。それは無理だ」

売ってくれないというのを強引に、大丈夫だと信じて、飛行機に乗った。ジュネーブで一泊して、それから南まわりの飛行機で羽田に着いた。翌日、そのチョコレートの状態はいかにと思って開けてみたところ、いがぐりがすれて白っぽくなっていて、どうもおいしいような気がしない。中を割ってみて、味わってみるが、あのおいしさに、どうしても何か一つ欠けるような気がした。南まわりの暑い飛行機の中で、生チョコレートの一つの風味が、ぬけてしまったのではないかと思う。

私はショックだった。これを、この味を、食べてほしいと思う人がいた。そして、私は狂気のようになって、ザルツブルクで仕入れてきた材料をつかって、チョコレート作りに熱中したのだ。

それでも、二日目の夜中に、あの味と、まさに同じもの、というものが出来たではないか!!

＊

「おいしい！　これ、おいしいよ。むしろ、この方がおいしいくらい」

いつもはうるさい事務局のYがまっ先にそういい、

「ほんと、後味がとってもいい。驚いたわ」

少女も、他のみんなもいってくれた。私はもう、この世の中、こわいものないといった感じで、口笛でも吹きたい気分、

「ま、こんなものよ」

と風を切って歩いていたのだが、翌日、それをまた食べてみて、ギョッとした。味が変っているのだ。四日間は味が変らない筈のものが、たった半日で、みるも無残に変りはてているのだ。また、ゼロにもどってしまったわけだ。

同じ味は出来た。後味もよかった。だけど、一日で変質してしまうとは……。

スイスの有名なチョコレート屋さんが、何十年かけて、あるいは何百年の歴史につちかわれて創りあげたものを、無謀だ、とは思うが、しかし、ケーキ・キチガイの私は、このチョコレート作りにとりつかれつづけるだろう。だけど、だけど、食べもの

って不思議だ。あんなおいしい風味がべつにくさりもしないのに、一夜にして消えさってしまうなんて。

あの味を覚えている『暮しの学校』の生徒たちが、卒業してバラバラになってしまう前に、何とかして成功させたいけれど、正直、わがチョコレートへの道は、あまりに遠そうだ。

美味・珍味・奇味・怪味・媚味・魔味・幻味・幼味・妖味・天味

開高健

冬で思い出すのは、モスクワである。

二十年くらい前に初めてモスクワへ行ったとき、ちょうど初雪が降ってきた。わたしたちを案内してくれたモスクワ大学日本文学部の女性の教授が、雪の中で——特に初雪の中で、街でアイスクリームを立ち食いすること、それからチョウザメのシチューをすること、これでないとモスコビッチとはいえないのだという。

それでわたしは、モスクワの初雪の中を歩きまわって、アイスクリーム屋を探しまわった。ところが、花屋も、帽子屋も、人形屋も、玩具屋も、アイスクリーム屋も、行列が蜿々《えんえん》とつづいていて、いったいどの行列がどの店のものかわからないくらいである。いたるところに行列。永遠なる行列。これが当時もいまも、あの社会主義国の首都をおおっている現象である。

改めてわたしは、別の日にアイスクリームを探し求めて歩いてみた。このときの案内役はボロージアという学生だったが、詩人肌で、なかなか冗句が好きな男である。わたしは彼にいった。

「いま、モスクワで一番よく使う言葉を教えてよ」

「どういう意味ですか?」

「つまり〝これは何の行列ですか?〟っていうロシア語だよ」

むろんわたしは、皮肉でいったつもりだった。が、ボロージアはにっこり笑って、

「それより、もっといい言葉がありますよ。クトー・パスレードニっていうんです」

というのである。

「それ、どういうこと……?」

「最後はだれですか——っていう意味ですよ」

これは何の行列ですかと訊《き》く前に、物資はすべて不足しているのだから、行列があったら何でもいいから並んじまえ、ということらしい。ともかく、それでわたしはアイスクリーム屋の行列を見つけてペロペロ舐めてはみたけれども、どうにもその味がさっぱり思い出せないのである。その程度のものにすぎなかったんだな。

それから次に、チョウザメのシチューをやってみたものの、このときは作家同盟の

連中とウォッカを飲みすぎてほとんど泥酔していたものだから、味なんぞろくろく覚えてられる状態ではなかった。だから、もう一度、初雪の降るころにモスクワへ行かなければとも思うのだが、昨今のソビエトの体制をながめていると、とても行ってみようという気にはなれない。

甘いもので特筆大書したいのが、チョコレートだ。これは、ご存知のようにフランス語でショコラ。そのショコラを淡雪ふうにかきたてたのをムースという。

ベルギーのブリュッセル。その郊外に鬱蒼たる森があって、暗い森の中を歩いていくと、魔法使いのおばあさんが住んでいそうな、ポツンと赤い灯がともってラ・ロレーヌというレストランがある。料理はどれも、一品、一品それぞれにすばらしかったが、食後に〝ダーム・ブランシュ〟——白い貴婦人というデザートのメニューがあった。

「これは何ですか？」

と訊くと、給仕長が、

「ともかく、是非お試しください」

という。まあ、ともかく試してみようかと注文したら、持ってきたのがアイスクリームで、その上に銀器から溶かした生チョコレートをすくって、たらり——とかけてくれた。

それを一匙すすったときの驚愕……、

「これがチョコレートか⁉」

わが舌を疑ったものだ。

気品高く、ふくよか。奥深く、おとなっぽい。熟しきっている。微妙にこだましている――そんな表現がすべて入っている。それまで食べてたチョコレートとこれを比べると、マリリン・モンローとその骸骨ぐらいの違いがある。このときは安岡章太郎といっしょだったが、あの何でもかでも一言文句をいわずにはすまない大兄も、さすがに目をまわして感心しきりだった……。

それで給仕長に、なんでこんなにうまいチョコレートができるのか訊いてみると、こんな答が返ってきた。まず、豆を選ぶことである。カカオ・ビーンズ、これの極上のものはコンゴで穫れる。コンゴはいま独立してザイールだが、植民地時代に開発したカカオ畑がある。そこから最高の豆を持ってきて、温度・湿度を一定に保つストレージルームに入れておく。その豆は客がきてから炒って、すり潰す。炒るのはまあまあできるが、じつはすり潰すのがいい機械じゃなくてはダメで、ドイツとスイスでしかできないんである。……というようなことだったと記憶している。

とにかく、ラ・ロレーヌのそのチョコレートを口にしてから以後、わたしはチョコレートが食べられなくなってしまった。わたしが泊っていたブリュッセルのホテルには、ゴダイバのチョコレートの店があって、試しにこのヨーロッパを席捲している最高級チョコを買ってはみたが、やはりモンローの骨でしかなかった。

その後パリへ行って、レストランへ入るたびに似たようなチョコレートを探し求めたけれども、ついにあの味覚に迫るものは見つけられなかった。未だに見つからないでいる。だから、現段階でわたしの舌が到達しているチョコレートの最高峰は、ベルギーの、ブリュッセルの、郊外の森のレストランの中にあるわけだ。

精神の疲労はアルコールを求め、肉体の疲労は甘味を求める――というのが、人間の生理の鉄則である。都会にいると酒びたりになるけれども、屋外に出ていくと甘いものが欲しくなる。これは、わたしのアマゾン体験でも、アラスカ体験でもそうだ。

大自然の中にあるとき、わたしはほとんど酒を飲まない。体が求めない。飲んでも、あまり飲めない。ところが、一歩大都会に帰ってくると、とたんに酒を飲みだすようになる。よほど都会は、人間の精神を疲れさすもののようである。でなければ、わたし自身が都会向きにできていないかである。

そういう次第で、自然の中へ出かけていくとき――とりわけ暑いところへ赴く際は、わたしはウィスキーの代りに〝みつ豆〟を持っていくことにしている。これをわたしは小笠原のかんかん照りの下で釣りをしたときに発見したのだが、みつ豆は最高の疲労回復剤なのである。

漁師の船の氷を入れておく場所をカンコロと呼ぶが、そのカンコロの氷の中へみつ豆の缶詰を入れておく。そいつを汗まみれになって疲れてきたら取り出して、やおら口の中へ放りこんでやる。

「ああ……」

肉体は正直だ。たちまち、力が蘇《よみがえ》ってくる……。

みつ豆は国産何社かが出しているが、わたしが好きなのは栄太楼のヤツ。白みつと黒みつと二種あるけれども、わたしはどちらかといえば黒みつ派である。たった一つ難をいえば、毒々しい淡いピンクに色づけされたサクランボが入っていること。これだけは除いて欲しい。後はいうことなしである。完の璧。特に寒天のパシッと角のたってる切れ味は、涙が出てくるくらいうれしい――南の太陽の下にあっては。

むろん、国分もいいし、アヲハタだっていい。好みのものを選べばいいが、何であれ、暑いところへ行く折は、みつ豆を忘れてはいけないナ。

ところで、寒い場所での甘いもの――うまいホット・チョコレートなんぞをどうしたら探せるか、わたしは思案している最中である。

ホットチョコレート

酒井順子

ホットチョコレートは好きだけれど、ふと気がつくと長いあいだ飲んでいない、ということがよくあります。

なぜなのかと考えてみるとそれは、ホットチョコレートが「甘い」ものでありながら「液体」だからだと思うのです。

甘いものを欲する気分の時に、カフェだのケーキ屋だのに入る。メニューにホットチョコレートがあると〝あ、いいな〟なんて思うのだけれど次の瞬間、〝でもホットチョコレートを飲みながらケーキは食べられないし〟とも思う。結局、ホットチョコレートに多少の未練を残しつつも、ケーキとコーヒーをオーダーすることになるのです。

甘いものが欲しい時、どうせ同じカロリーを摂取するのであれば、液体を飲み下すよりも固体をかみしめた方が何だかトクのような気がしてしまう私。決してカロリーが低くはないホットチョコレートを飲む機会が少なくなってしまうのは、その辺に理由があるのかもしれません。

が、ホットチョコレートでなくてはならない、という時もあるのです。それは、身体もしくは精神が、重篤な疲労状態にある時。何らかの理由で号泣した直後とか。誰かと大喧嘩した時とか。徹夜続きでへろへろな日とか。つまりは、ケーキとコーヒーを交互に嗜《たしな》むという作業をする気力すら残されていない時に、ただゴクンと飲みさえすればいいホットチョコレートは、効くのです。

疲れ果てた時。苦くて甘くて、そしてドロリと濃厚な液体は、非常にスムーズに身体に馴染《なじ》んで、指の先の方にまで、熱量を配達してくれそうな感じがします。ホットチョコレートをひとくち、またひとくちとゆっくり飲みつつ、

「はあぁ……」

とため息をつく瞬間のけだるい気持ちが、私は嫌いではありません。

ちなみに、我が生涯において最もしみじみと味わったホットチョコレートは、生まれて初めて人間ドックに入った直後に飲んだ一杯でした。血を抜かれたり注射されたり直腸の触診をされたりバリウムというものを飲んだりと、やたらと色々なことをさ

れてグッタリとしたあの日。病院を出てすぐに入ったカフェで頼んだホットチョコレートの甘さは、バリウムに驚いた直後の胃を、限りなく優しく慰撫《いぶ》してくれました。

しかし問題は、ホットチョコレートを飲み終わった後、のことなのです。一杯のホットチョコレートを飲み終えて、余韻を楽しみつつも〝ああ、そろそろ席を立たねばならない〟と思う瞬間のやるせなさは、ぬるま湯から出なくてはならないけれど出ると寒いし……と逡巡《しゅんじゅん》する時の気分とも似ている。そう、目の前に待ち構えているのは、いつもと同じ厳しい現実。

一瞬の現実逃避をさせてくれる、ホットチョコレート。その苦さと甘さは、現実と非現実の味わいと、似ているようにも思います。

酒井順子

真夜中のチョコレートケーキ

伊藤まさこ

「ただいま」ひと口頬張った時に、そんな気持ちになるチョコレートケーキがあります。私が子どもの頃からずっと変わらずにある味。ほっとする味。トップスのチョコレートケーキのお話です。もちろんフランスやベルギーのショコラティエで作られる、まるで宝石のように美しいチョコレートケーキに浮気することだってあります。でも、戻るところはここなのです。

なかなか寝つけない夜、ベッドにもぐりこみながら、冷蔵庫に入っているチョコレートケーキのことを想います。もう夜中だし、眠る前に食べるのは、よくないよね、と自分に言い聞かせながらも、一度考えはじめたらいてもたってもいられない。明日の仕事の段取りを考えたりして気を紛らわせようとするけれど、考えの行き着く先はどうしてもチョコレートケーキなのです。
ベッドから起き出して冷蔵庫の扉をそっと開けると、あ、あるある。いつものあの箱。最初は2センチくらいにしておこうかな。パクリ、ペロリ。2センチなんてすぐおしまい。次は3センチいってみようか。そんなことなら最初から大きく切り分ければいいじゃないのと毎度思うのですが、夜、台所に立ちながら「いけない」「でももう少し」……ひとり、罪悪感と甘い誘惑のせめぎあいを楽しむのもなかなかのもの。おやつでも、お食後でもない、真夜中という秘密めいた時間がおいしさにひと役買っているのかもしれません。

伊藤まさこ

限りなく上品で甘美な風味。余韻をいつまでも楽しみたい……。チョコレートって、大人の楽しみかも。

渡辺満里奈

冷蔵庫にはほとんどいつも、何かしらチョコレートが入っている。朝起きても、食欲がないときの目覚まし。夜、お腹は空いているけどご飯は食べたくないというときの空腹しのぎ。小腹が空いたときなどなど。私のエネルギー補給はクッキーでもケーキでも、お米でもなく、チョコレートと相場が決まっている。思えば、フォンダンショコラやザッハトルテのような、こってりチョコレート攻め菓子も大好きだし、意識はしていなかったが、かなりチョコレート好きの部類に入るのではないか。

常備するチョコレートは色んな種類がある。以前は『ジャン・ポール・エヴァン』の虜になった。いつもミルクの板チョコを常備し、朝になるとパリパリ食べていた。『無印良品』で販売している、昔懐かしいピーナッツがごろごろ入っているチョコレートもいい。子供のころ、『でん六』のピーナッツチョコをあまりに食べ過ぎるため「鼻血がでるわよ！」と母によく諌《いさ》められた。アメリカのお土産《みやげ》で大豆をミルクチョコレートでコーティングした〈SOY NUTS〉というのにもはまった。チョコレートだし、大豆だし、豆好きにもチョコ好きにもたまらないもの。ビデオを観ながら食べていると手が止まらなくなる。

＊

そんな私が不覚にも、日本の『ラ・メゾン・デュ・ショコラ』には行ったことがなかった。思い起こせば7年前。ロケでニューヨークへ行ったとき、茶色を基調にした上品な店の佇まいに引かれて入った店が『ラ・メゾン・デュ・ショコラ』だった。並ぶボンボンショコラや箱の可愛さに興奮し、またしても疾風のごとく買い物をして店を去った。そんな思い出があるというのに、味のほうはとんと忘れ、あるいは人にあげるだけで食べていなかったのかもしれないと思うくらい記憶になく（まあ、忘れっぽいほうではあるが）、青山に店舗ができたときには当時ほどの熱を持てなかった。ああ、飽きっぽいって恐ろしい。それで人生どれだけ損をしていることか。

それが先日、たまに店の目の前を通るだけで立ち寄るまでには至らなかった『ラ・メゾン・デュ・ショコラ』丸の内店の門をくぐってみた。お祝いをいただいた方へのお返しを、と思ったのがきっかけ。イースター期間限定の卵形の箱が素敵で、その詰め合わせを買い、自分の分に小さい箱とオランジェットを。ちょっとしたプレゼントのようで嬉しい。帰りの車の中で我慢ができなくなり、オランジェットをがさがさ開けてつまんだ。「おおっ、おいしい！」。今まで食べたオランジェットの中でも一番旨いかもというくらい、頭に軽く電気が走ったような感じがした。素敵。家に帰り、ボンボンショコラをつまむ。説明書きには、チョコレートの繊細な風味を味わうためにミネラルウォーターと食べることを勧めると書いてある。へぇ、そうか。コーヒーとかでは味が強すぎてチョコレート本来の味が分からなくなっちゃうもんね。そこで、〈トラビアータ〉というプラリネをヌガティン（ってなんだ？）とダークチョコレートでコーティングしたものというのを食べてみる。一粒でこんなにも満足させられるチョコレートというのはすごい。限りなく上品で甘美な風味。余韻をいつまでも楽しみたくなる味だ。小さい箱ではすぐになくなってしまうかもと思っていたが、十分に楽しめるなんともゴージャスな（しかしさっぱりとした）チョコレートだった。

それからというもの、夜、ゆっくり時間を過ごす時、必ずテーブルに並ぶアイテムになっている。チョコレートって、結構大人の楽しみかも。

筋金入りのチョコジャンキー

土器典美

自分がチョコジャンキーだと気がついたのはわりかし最近のことだ。といっても十年近く前かなぁ。それまでのチョコレート歴と照らし合わせてみれば気づくのが遅かったということだ。

チョコレートの最初の記憶は五歳のころ。銀紙に包んだ二十個くらいのチョコレートが円形のステキな箱に入ったプレゼントを、誰からかいただいた。もしかしたらその当時には珍しい外国製だったかもしれない。

私がその箱をかかえているモノクロ写真が残っているのでよけいに記憶があるのだけど、私はそのとき、そのチョコレートを誰にもあげたくなかった。二歳違いの弟にも……。それは子ども心に衝撃的なステキさで、絶対に独り占めしたかったのだ。

シックなワイン色の箱も、イラスト入りの銀紙の包装も、見たことがないようなシャレたもので（チョコレートなんて珍しくもない現在からは想像もできないような昔のことですから）、近所のお菓子屋さんで売っていたチョコレートとはまったく品格が違っていた。

こんな美しい箱に入ったおいしいものが世の中にはあるんだ、ということを知った最初だと思う。私はどんなに説得されても弟に分けようとはせず、その箱をかかえて家を出て行こうとしたらしい。それで呆れはてた親が写真を撮ったらしいのだ。

写真の中でも私はレンズには見向きもせず、うっとりと一心にチョコレートを見つめていた。味がどうだったのかは記憶にないのだけど、初めての本格的なチョコレートとの出合いはそのときだった。

ある日、本屋で、『麻薬からチョコレートまで』（正確なタイトル名は忘れたけどたしかチョコという文字が目に入ってフト手に取ったのだ）というドラッグ中毒の本を立ち読みしてチョコジャンキーという言葉を知ることになった。

麻薬、覚醒剤、ドラッグ、マリファナ、中毒、ジャンキー……あぶない言葉が羅列状態の中に、大好きなチョコも一緒に並んでいた。

「な、なんで？　なんでチョコがこのあぶない本に登場するわけ？」

まるでチョコ好きもじつは法律違反で、覚醒剤使用者と同じように逮捕されるのかとドキドキしたくらいだった。

立ち読みなので詳しく読んではいないけど、チョコにも覚醒剤のような精神を興奮させる成分が入っていて（それは天然ものなので合法なのよ）、毎日チョコレートを食べているとその高揚感を体が覚えて中毒症状に陥《おちい》る、と書いてあった。

そしてやっぱりほかの薬物中毒と同じように、少しずつ摂取量が増えて体と精神に重大な影響を及ぼすのだそうだ。ほかのドラッグ中毒患者はだんだん体が痩せ、精気を失っていくのが特徴だけど、チョコ中毒患者の重大な体への影響とは、太りすぎが引き起こす様々な病気ということらしい。

興奮させる成分以上に糖分や脂肪分が多いのだから、たくさん食べたらそりゃ当然太る……。ぷくぷくと太って、そのうえ、ハイテンションだったら、ほかのドラッグ中毒患者より始末におえないかもしれない。

しかし私の場合、毎日チョコレートを食べ続けてもう何十年もたつというのに、いっこうに太らないのだ。吹き出物ができて困るということもないし、食べすぎて気分が悪くなることもない。テンションがちょっとだけ高い傾向にあるのは、チョコが原因ではなくて、生まれつきの性格だと思われる。おそらく。だからチョコが体に悪いなんてぜんぜん思いもしなかった。

一日一回は納豆を食べましょう（そんなキャンペーン、なかったっけ？）と同じくらい、他の人が毎日飲むサプリメントと同じくらい、一日一回のチョコが私には必要不可欠だったのだ。

どの程度のジャンキーさかといえば、朝起きてほとんど食欲がなくてもチョコなら食べられる。私のおめざはチョコのことが多い。板チョコは一度に一枚、箱入りの生チョコは一回に五個までと決めてグッとがまんしている。自制心がきかないときは板チョコ二枚、生チョコなら十個はあっというまだ。たまに体が冷えてカタカタと震えることがある。そんなときはチョコをガーッと体に押し込むとピタッと治る。

夜中に目が覚めて夢遊病のようにチョコが食べたいとつぶやいてることもある。たぶん、チョコが食べたくて目が覚めるのだ。あいにく買い置きのチョコがないときには、そのままコンビニに走る。

夏場はさすがに少しチョコ欲が減るけど、真夏以外はほぼ毎日チョコを食べる。チョコジャンキーの度合いをはかる指標がないので分からないのだけど、五点満点だとすると（満点取ったからといってほめられることでもないけど）ジャンキー度三くらいじゃないかと思う。

しかしそろそろ自重しなくちゃマズイかなぁと思っていた矢先に、テレビで見たのが「チョコの効用」というような番組だ。なんと！　チョコが体にいいという実証がなされていたのだ。チョコに含まれるポリフェノールが動脈硬化の予防になり、細胞を活性化させ、がん細胞を抑制するというのだ。その昔はチョコレートの素になるカカオはお菓子ではなく薬だったそうで、チョコは健康食品だと言う人までいた。あぁ、なんて素晴らしい番組！　霧が晴れるようにスッキリした。

その後に世界の長寿ベストテンに入る人には「いちばん好きな食べ物はチョコレート」と答える人が多いという記事も読んだ。私がいたって健康なのは毎日チョコを食べていたからなんだ。後ろめたさを感じる必要なんてぜんぜんないんだ。なんたって健康食品なんだからやっぱり納豆と同じじゃない！

もう絶対的なお墨付きを授かって、誰はばかることなく堂々とチョコ好きを宣言して回れることになった（前々から吹聴してたけど）。

とはいえ、何ごとも適量というものがある。漢方薬だって健康食品だって適量を超えると害になるし、ダイエットも筋力トレーニングもやりすぎると体に悪い。チョコのパッケージにも「食べすぎに注意しましょう」と注意書きを入れるべきかもしれない。私のようにはなはだ意志弱く、つい目の前のチョコはあるだけ食べてしまう人向けに。

しかし外国の煙草には単刀直入に「煙草を吸うと死ぬゾ」と書いてある。もう、そりゃ、はっきり毒だと。それでも「売っているくせにそこまで言わなくてもいいじゃない」と文句タラタラで煙草を吸うのだから、注意書きというのはたいして効果があるとは思えない。

せめてもの自衛策として緊急時（夜中に目が覚めたときとか体に震えが来たときが緊急時）以外には自分ではチョコを買わないようにしている。それでも吹聴のかいあってか私のチョコ好きは知り合いのあいだには知れ渡っているので、チョコを持って来てくれる人が多くて私はぜんぜん困っていないのだ。

もらい煙草ならぬもらいチョコで、私の欲求はほぼ満たされている。毎日相当量を食べるチョコをもらいチョコでまかなってるということは、いかにたくさんの人がチョコを私にくれているか、ということですねぇ。ありがたい。

ふーむ、はたしてチョコは体にいいのか悪いのか……、とりあえず長いチョコ歴にもかかわらず私にはさほど悪い症状が出ていないので、今の量をキープして極端に増えることがないように注意をしていれば長生きできるような気になってきた。

そして私が世界でいちばんの長寿になったあかつきには「そりゃ長生きできたのは

筋金入りのチョコジャンキーだったからですよ、ヘン」とコメントしよう。

でも世界一の長寿なんてあまりなりたくないなぁ。後七十年くらい生きなくちゃいけないんだもん、いくらなんでも疲れるよ。

土器典美

神様の食べもの

楠田枝里子

私が無類のチョコレート好きで、物心ついた頃から現在に至るまで、チョコレートを食べなかった日はないほどだ、と言うと、きまってこんな反応が返ってくる。

「それじゃ、ニキビができて困ったでしょう」

とんでもない。ニキビは、皮脂の分泌が活発になり、その脂が毛穴に詰まって細菌感染を起こしたもの。チョコレートは全く関係がない。

「虫歯になるわ」

と心配するのは、育児中のお母さん。

いやいや、チョコレートの原材料であるカカオには、実は、歯垢や、虫歯菌（ミュータンスレンサ球菌）の増殖を抑制する効果があり、むしろ虫歯をできにくくしてくれるのである。

「でも、チョコレートは太るわよね〜」

と、年中ダイエットに励んでいる友人も、ため息をつく。

これも間違い。そもそもカカオには、太る要素はない。チョコレートに含まれている脂肪は吸収されにくいタイプのものだし、カカオポリフェノールが脂肪の燃焼を手助けしてくれる。豊富に含まれている食物繊維は、便秘による肥満を防ぐ。私が自ら行なった実験によれば、高カカオチョコレートを食べている人は、レプチン（脂肪細胞から分泌され、食欲を抑制する物質）の血中含有量が増加し、カカオがダイエットに成果をもたらすことが容易に推測された。

それにしても……と、私は首を傾げてしまう。

なぜ、こんな大きな誤解が未だにまかり通っているのだろう。

おそらく……。かつてチョコレートが高価な贅沢品だった時代、人々（特に子供）があまり多くを欲しがらないように牽制して、こんな噂話がでっちあげられてしまったのではないだろうか。ともあれ、こういった根拠のない偏見からは、いいかげんに卒業してもらいたいものである。

カカオの学名は「テオブロマ」といい、これは「神様の食べもの」という意味。まさに神に選ばれた特別な存在だ。

それを証明するかのように、ここ十数年、カカオ（チョコレート）の科学的な研究が飛躍的な進歩を遂げ、その効能について驚くべき報告が相次いでいる。

繰り返すが、食物繊維が便秘を解消してくれる。

カリウム、ナトリウム、亜鉛、銅など各種ミネラル分も豊富で、体の機能を健全に保ってくれる。

テオブロミンやレシチンが、脳の働きを活発にする。

注目すべきは、カカオポリフェノールだ。抗酸化作用があり、動脈硬化やガンなど、さまざまな病気の予防に役立つことが、知られている。

殺菌作用もあり、胃潰瘍の原因となるピロリ菌をやっつけてくれたり、Ｏ－１５７にも有効だ。

ストレスやアレルギーにも強い体を作り、シミ、シワ、ボケといった老化現象や、更年期障害の緩和にも働く。

そう、チョコレートは、子供から大人、熟年層に至るまで、あらゆる年代に効果的な、実に優れた健康食品なのである。現代の食生活に賢く取り入れたいものだ。

ひとつだけ、留意すべき点がある。

先に述べた健康効果は全て、カカオ由来のものである。一般のチョコレートには、カカオから得られるカカオマス、カカオバターに、砂糖や粉乳、ナッツやクリーム、フルーツのジュレなどが加えられている。健康やダイエットを目的とするなら、なるべく付加物の少ない、カカオの含有率の高いチョコレートを選ぶことが必要だ。私はカカオ70%以上のチョコを、1日50g（板チョコ半分くらい）を目安に取ることを推奨している。90、１００%になってしまうと苦すぎて美味しく感じられないので、70%台のものをお薦めしたい。

　とはいうものの、勿論、味わい豊かな種々のチョコレートの甘い誘惑に逆らうことは、私にとっても至難の業。健康のための高カカオチョコレートと、ショコラティエの技を駆使しアートの域にまで高められた珠玉のショコラ、双方のバランスをいかに上手く取るかが、目下の課題である。

　カカオと人間との付き合いは、３０００年もの長きに亘る。古くはマヤやアステカといった時代、カカオはどろどろとした飲みもので、王族や勇敢な戦士のための万能薬だった。十六世紀、中米からヨーロッパに渡ったあと、砂糖を加え甘く飲みやすい形に改良され、特権階級の人々の間でもてはやされた。

　固形のチョコレートが生まれたのは、十九世紀のこと。食べるチョコレートの歴史は、まだ百数十年にしかならないのだ。今では誰でも簡単に手に入るようになり、その魅力を存分に味わうことができる、チョコレート。この時代に居合わせた私たちの、なんと幸運なことだろう。

チョコレート

竹中郁

声をつかう仕事が多くなったせいで、近年わたくしはチョコレートを愛用することが多くなった。小学校へ出かけて、教師や生徒を相手に二時間ちかくしゃべりつづける。或はPTAのおかあさんたちにしゃべりつづける。

その直前にチョコレートを食べておくのである。食べたのと食べないのとでは、咽喉のもち具合がうんと違う、五十円の板チョコを一枚食べておくと、まず咽喉のすべりは一時間半は大丈夫。というようなことである。

もっとも、人によっても違うし、年令によっても違うだろうが、チョコレートが含んでいる脂肪のせいか、芳香のせいか、とにかく楽に咽喉を使えることはたしかである。

竹中郁

＊

日本へチョコレートが入ってきたのはいつのことやら知らないが、もう五十年も前のわたくしの少年時代の記憶をまさぐると、親指大の丸いチョコレートをこわごわと銀紙をむいて食べた覚えがある。なぜ、こわごわだったかというと、下手をして押しつぶすと、中からコンデンスミルクのような白くて粘い液が流れ出てくる憂いがあったからで、今思い出しても、その銀紙をむいたときに、中から立ちあがってくる匂いが鼻の先をくすぐる。

今の銀紙は、腰があって、昔のとくらべるとはるかにむきやすいが、昔のは全く指先を上手に使わぬことには破れ去るのを常とした。それに、今のは色とりどりの文様をつけたりして、種類別の見分けもつけてくれてある。チョコレートの包みをあけるのに、こわごわというようなことは、今の子供は感じはしないだろう。楽しみにわくわくというところであろう。

＊

西洋人の客の多い洋菓子屋へ行くと、四月の声をきくやきかずの頃には、店内はチョコレートでいっぱいになる。クリスマス前と似たりよったりの華やいだ売出し風景である。クリスマスのためにはサンタ爺さんやトナカイや星の形のチョコレートだが、四月の復活祭のは、まず卵が第一である。その卵の中へ又いろいろのチョコレートをつめてあるとか、その卵を産むにわとりのだとかいった具合で、たぶん復活なされたキリストさまに因《ちな》む祝意の発想であろう。

中には駝鳥《だちょう》の卵を上回る大きさのもあって、それを幅広の色リボンでくくってあったりすると、なんだか途端に梅坊主が鉢巻きをして「かっぽれ」を踊っている情況が二重焼きにうつってくる。もちろんキリスト教を奉じる西洋人には、よし梅坊主の「かっぽれ」を知っていようとも、そんな二重映像は出てこないに違いない。

所詮はわたくしにキリスト教の素養がないので、そんな結びつきが出てくるのだろう。かりに日本人の仏教徒が型押しの「蓮花」の乾菓子とみるのと比べると、西洋人が「卵」のチョコレートをみる気持はよくわかるのではないかしら、もっとも白雪糕《はくせっこう》とチョコレートとのうまいまずいは別としての話だが……。

＊

さて、チョコレートはコーヒや茶ほどの刺戟はないが、栄養分の多いところから一時間も二時間もの大きな声を出すことの力添えをしてくれる。それだけではない。この小さな嵩《かさ》の物体を口にほりこんでゴルフコースを回ると、これ又疲れを防いでくれること奇妙である。声を出すにしろ、ゴルフをするにしろ、わたくしの場合は即座の即効である。ラジオの放送を前にして、かりに十五分ものを三本、ぶっ続けに片付けるというようなときには、はじめに五十円分、あとインターヴァルごとにその三分の一くらいずつ補いをつけて食べる。

唾の出具合、咽喉から出る音の出具合、また舌の回転、歯と両頬とのふれ加減、なににしてもすこぶる好調となる。不思議なくらいである。

フルシチョフの党大会における大演説とか、ケネディの就任大演説とかは、時間の長さといい、環境のはげしさといい、わたくしなどの及びもつかぬ強烈なものだ。それを二人とも、平気の平左でやってのけているが、果してこの二人にはわたくしにおけるチョコレートの如き特効薬があるのかないのか。ちょっと聞いてみたい気がする。

ココアの実を加工してチョコレートにしたのは多分ヨーロッパ人だろうが、この甘いものの日保ちのよさや、中へ包みこむもののヴァラエティの多さから、自然と贈りものに便利となってきたものとみえ、ヨーロッパの町には目立って立派なチョコレート店が目につく。わが国でも、至るとこの造り酒屋、醬油屋、呉服屋が他の家の群を圧して大きいのと同じようで、それほど生活必需の大きな座を占めているのかと合点した。

竹中郁

＊

だいぶ前、多分大正十年頃だったろう。浜田という母と娘がラシャメンかなにかをしていて、毎日十円ぐらいのチョコレートを食べる。そのような贅沢な暮しのためにパトロンを射つといったような事件が起きて新聞が大きく書き立てた。そのころの十円、かりに話半分としても今の二千円くらいだろう。ずいぶんチョコレート好きもあるものだと感じたが、食べつけるとそこまで行く魅力もひそんでいるとみえる。

実のところ、わたくしがチョコレート好きになったのはごく近年で、はじめは実用からはじめたわけだが、だんだんと何かというとチョコレートを口にする。

生のケーキ、焼いたケーキ、いくら上物だとて五つも食べると腹がふくれる。しかし、チョコレートだと、アーモンドに飽きれば桜んぼ、桜んぼに飽きればオレンジの皮といったふうに巡礼が出来る。腹もふくれない。

ただ、こんな便利なものなのに、暑いとぐにゃりとなる。八十度以上になるとみておれない。ズボンのポケットに入れといて歩き歩き食べるのに、はじめのころは歯切れのよい固さが、しらぬうちに股の肉の熱をうけてあわれや満身きずだらけで出てくる。味は変ってはいないというものの、やはり食べるには面白くない面つきである。

ココアの粉に砂糖をまぜることを思いついたのが、きっとヨーロッパ人だと勘ぐったのは、ヨーロッパという土地が涼しくて、風がさらりとしている土地柄だからである。もちろん、わたくしの当てずっぽうだから、当っていればいいが、そうでなければゆるしてもらおう。

チョコレートの系譜

田沢竜次

ジャンル別お菓子のクロニクルを編んでみると、チョコレートのイメージが一番鮮明でバラエティーに富んでいるような気がする。

戦後日本とチョコレートといえば、まず出てくるフレーズが、「ギブミー・チョコレート!」。さすがに僕の年代では、米兵の前でチョコをねだるなんてことは過去のものだったが、その実感はそれなりに伝わってきた。

小学校三~四年の頃に夢中になって観ていた『コンバット』や『ギャラント・メン』といった当時流行りの第二次世界大戦のヨーロッパ戦線を舞台にしたGIもので も、戦災孤児にチョコレートを与えるシーンがあったし、アメ横あたりで買ってきたぶ厚い輸入板チョコ(ハーシーチョコレートとかね)の現物に触れたときは、アメリカの豊かさに圧倒されたりと、被占領のイメージをインプットされた子どもの感性は、「ギブミー・チョコレート」からそれほど隔たってはいなかったのである。

そんななかで、大衆チョコの時代がやってくる。大衆チョコとは、僕が勝手につけた名称で、子どものお小遣いでも買える、マンガのキャラクターとタイアップしたり、アイドルタレントがテレビCMで宣伝したりするチョコを指す。チョコの大衆化=黄金時代の幕開けで、いろいろなチョコレートが手軽に味わえるようになる実感があった。

森永や明治の代表的板チョコ（ミルクチョコレート）は、昔も今も変わらぬパッケージで健在だが、この当時は「大人が買うもの」というような重鎮的存在。子どものお小遣いの世界でまず大ヒットしたのは、明治「マーブルチョコレート」だ。

中身は、赤、白、黄、茶など、多色の糖衣錠ならぬ糖衣チョコで、このスタイルが、子どもの感性にフィットした。今なら、この鮮やかな着色糖衣は気になるところだが、この時代は色鮮やかイコール豊かさでもあり、遊びオモチャ感覚があった。

このマーブルチョコは、子役で評判だった上原ゆかりを起用したテレビCMと、覚えやすいCMソングがヒットの要因だといわれるのだが、もうひとつの要因は、六三年から始まったテレビアニメ（国産テレビアニメの第一号だ）『鉄腕アトム』とタイアップで、アトムシールがもらえるおまけや懸賞があったことだ。

こうしたタイアップもの（シールやワッペンがもらえる）としては、同時期に、グリコのキャラメルと『鉄人28号』、丸美屋のふりかけ（のりたま、すきやきなど）と『エイトマン』などがおなじみだが、僕もアトムシール欲しさによく買った。だけど、どちらかというと「女の子っぽい」と見られていた感じも否めない。そういえば、数年前、東京タワーのおみやげコーナーを巡ってみたら、パッケージのデザインをリニューアルしたタイプが「東京みやげ」として売られていた。さすがはマーブルチョコ、不滅の定番である（もちろん買いました）。

さてこの時代、ちょっと大人っぽく見えたのが、不二家の「ルックチョコレート」である。これは、バナナ、イチゴ、キャラメル、コーヒーと四種類の味のクリームがはさまったチョコで、テレビCMは、青春アイドルのホープだったジャニーズ。歌の感じからも、中高生のお兄さん、お姉さん向きだとは思ったが、こちとら背伸びしたがるませガキだから、遠足のおやつに早速持っていって、決めてみせた（今も健在。アーラ・モードタイプがいくつかあるが、いずれも一九六〇年代の香りは漂ってくる）。

ちなみに、遠足用チョコで人気があったのは、パラソルチョコ（パラソルの形で、傘の柄を串代わりにして食べる）や、チューブチョコ（絵の具のチューブくらいの大きさで、そのままチューチュー吸う）や、野球チョコ（ボールのように真ん丸。小さなビー玉くらいの大きさ）あたりで、いずれもチョコの中では安かったので、限られた予算（一〇〇円までとか）内で買うにはちょうどいい。

大人のチョコといえば、六〇年代のきわめつけといったらもうこれ、森永「ハイクラウンチョコレート」を忘れてはいけません。最初のテレビCMは、女優・淡路恵子だから、さらに大人の世界である。パッケージもタバコの箱風で、中は板チョコを小さくしたのが四枚入って、カッコいいことこの上ない。ここまでくると、小学生が買う世界ではなかった。

この大人系ジャンルでは、スタンダードな人気で名高いグリコ「アーモンドチョコレート」も六〇年代チョコのシンボル的存在だ。チョコとクリーム、ピーナツ、ライス、レーズン、ビスケット（フィンガーチョコが好きだった。チョコだけなめて、ビスケットだけにしたりね）などの組み合わせのなかでも、アーモンドは抜群の相性だと思う。しかし、アーモンドチョコは高級だったので、子どもは少ししか食べられなかったのだ。アーモンドチョコを存分に食べたいという願望は、「モモ缶を一缶全部」とか「アップルパイを丸のまま全部」などと並ぶ、大人になったら実現したい夢あれこれの一つに。

やがて二十代になると、テレビCMでは一九七〇年代アイドルを代表する山口百恵と三浦友和が、アーモンドチョコなどの宣伝を担った。しかし、二十代というのは、チョコを買って食べた記憶が不思議とない（あの願望はどうなったのだ！）。しばらくして、チョコボールタイプのアーモンドはよく食べるようになったのだが、やはりアーモンドは、しばらく口中にとどめておきたいような、高級感のせいか四十代、五十代と次第にチョコ熱は戻ってきたようだ。

そんなチョコのなかでも、最初に出会った中学一年当時（一九六六年）から現在まで、もう四十年以上、コンスタントに買い続けているものがある。結構、隠れファンも多いと聞くロッテ「ラミーチョコレート」である。

ロッテのチョコは、六四年の「ガーナ」が大人っぽい雰囲気で中高生から若者にヒットして、同じく六四年には、緑鮮やかなパッケージがまばゆい「バッカスチョコレート」が登場。これは、ウイスキーボンボンのようにブランデーが入っていたのが斬新だった。

当時洋酒入りといっても、ほとんど砂糖汁のようなものが入っているだけのものが多かったが、このバッカスは、ブランデーがそれなりに入っていて、子どもはダメといわれながらもこっそり食べると、体がホットになる大人の味わいがたまらなかった。

そして、六五年発売の「ラミーチョコレート」。これはラム酒漬けレーズン入りという、さらにひねり技を加えたような逸品で、もうその美味しさ、大人的誘惑にメロメロに。当時、同じクラスのK君もラミーファンで、何とわざわざ「今度、二人でラミー買って歩こう」とチョコデートまでしたのである。

まあ中学生の男同士というのは、一緒に映画とか、アメ横の「中田商店」にモデルガンを見にいくとか、祭りや盆踊りに行くとか、いろいろあるのだが、チョコでデートはあまりない。しかし、ラミーチョコは、そんなこともしたくなるほど魅惑的で、今でも派手なパッケージをスーパーの棚で見るたびに（いつもは置いていない。秋冬のみの期間限定発売）、チョコをかじりながら語りあったことを思いだす（K君は今でもラミーチョコを食べているだろうか？）。

ところで中学生から高校生時代を思い返すと、意外なほどチョコをよく食べていた。もう甘いものを慢性的に欲する時期だから、たい焼きでも大福でもチョコでもいいのだが、学校帰りに歩きながらパクつくというケースが多い（これまた男チョコ友達、ガールフレンドは登場しない）。

そんな時期にぴったりだったのが、いわゆるチョコバーのバリエーションである。輸入ものから始まったものだと思うが、なかなか嚙《か》み切れないヌガーや木の実、レーズン、アメの砕いたのなどがこってり入った、カロリー過剰タイプのためか、チョコのジャンルとしてはのちのち、サバイバル用の携行食として注目されたりもする。

過剰といえば、「大きいことはいいことだ」の歌と、山本直純のキャラクターが強烈な印象の、安くて大きい森永「エールチョコレート」は、高度経済成長を体現していたが、大味の印象で、思い出のチョコとしてはイマひとつだ。

はまったのはむしろ、森永「チョコフレーク」、明治「ストロベリーチョコレート」、グリコ「ポッキーチョコレート」あたりで、いずれもアイデア賞もののロングセラーだ。チョコフレークはチョコがけのコーンフレークという、最初はミスマッチだと思われていたが、これが大成功で、「かっぱえびせん」「カール」「キャラメルコーン」などと並ぶ、やみつきもののひとつとして名を残すのである。

ストロベリーチョコレートは、ルックチョコレート同様、アレンジ版も含めてここ数年また人気上昇（ストロベリー味がより本格的に）で、これは味はもとより、さくっと噛んだときの断面を見るとイチゴクリームとチョコとのコントラストが、何ともいえない美しさで魅かれる。

ポッキーチョコとなるともう、個別チョコのジャンルを超えて、スナック菓子史のなかでも燦然《さんぜん》と輝く存在になってしまった。七〇〜八〇年代にかけてパブなどで流行ったのが、グラスに十本とか二十本とか入って出されたポッキーチョコをつまみにウイスキーの水割りを飲むというスタイルで、レーズンバターと並んで、甘み系プラス洋酒の組み合わせの定番だった。

これはチョコにとっての出世なのか、堕落なのか、何ともいえないが、それにしてもポッキーの成功の秘訣は、あの手に持った感触と、口あたりの手頃な細さだろう。

チョコの年代記で当然出てくるのは、いつの間にやらの大フィーバーとなったバレンタインチョコだろうが、さすがに箱入りの「ゴディバ」で何千円の世界となってくると、もう別ジャンルという感じがする。二十代であまりチョコを口にしなかったのも、バレンタインに今ほどチョコがあふれてなかったからか。

二十代で思い出したのだが、テレビで「大都会」（七六年〜　現在はDVDで見られます）という刑事ドラマがあって、佐藤慶扮する冷徹な警察幹部が、重要な会議の場などで突然胸ポケットから板チョコを取り出し、無表情でパクパクやるというシーンが何度もあった。要するに、この当時は大人の男がチョコなんぞを食べるのは、パフェやあんみつが好物というくらい、ちょっと恥ずかしいことであったという風潮を表しているわけだ。そんな設定もチョコ空白期を象徴しているような気がする。それに比べて、今のチョコの洪水はどうだろう。

そういえば、その当時の新婚旅行というとハワイが一番人気で、おみやげもマカデミアン・ナッツ入りのチョコが定番で、職場でもよくおやつの時間に配られていたっけ。そのうちアメ横でも安売りするようになって、さらにハーシーでもイタリアものでも、お手軽に買えるようになった。そして、「ギブミー・チョコレート」は歴史の過去となり、新たなギブミー・チョコの時代到来。もう健康にいいんだから、といわれると、あれれ、あの冷たく扱っていた時代は何だったのと、言いたくなる。

※本文は2008年に書かれたものです。

田沢竜次

チョコロネ

宮内悠介

小さいころ、ニューヨークのウクライナ人街に住んでいた。菓子と言えば、近所の煙草屋で買う一個十セントのガムボールや袋入りのジェリービーンズ、やけに甘いチョコレート、それからジュースと称する何やらわからぬ赤や緑の液体などだった。

全体として大味で、ことごとく人工的な色をしている。「アトミック・ファイアボール」という辛い真っ赤な飴《あめ》が売られていて、明らかに美味《うま》くないのに、なぜだかときおり買っていた。

だんだんと思い出してきた。給食で、ホットドッグ一個とチョコレートミルクを出されたこともある。自然食ブームだとか言いながら、やっぱりアメリカ人にとって自然と言えば征服するもので、そして人工的な食事が彼らは大好きだったのではないかと思う。

このアメリカンな食育はいまも影響を残していて、たとえばぼくは「カロリーメイト」が好物であったりする。

帰国後、念願の一人暮らしをはじめた春休みには、一週間ぶんの「カロリーメイト」を買いこみ、発売されたばかりのロールプレイングゲームを家から一歩も出ずに解いたことがある。

もう少しこう、山へ行くとか、別の過ごしかたはなかったのかとは思うのだが、それなりに幸せな記憶として、いまも憶えていたりする。

ではガムボールやジェリービーンズが美味かったのかと言えば、好きではあったけれど、たぶん、けっして美味いものではなかった。

たまに、ミドルタウンの輸入食材店で「パイの実」や「とんがりコーン」や「コアラのマーチ」といった日本の菓子を買い与えられることがあった。

「アトミック・ファイアボール」(しかしひどい名前だ)に慣れた舌からすると、それはもう目眩《めまい》がするような美味さで、海の向こうの祖国はなんと豊かな場所なのだろうと憧れたものだった。

そんなころ、ある日の食卓に日本のチョココロネが載ったのだ。

買ってきたのは母で、いったいどこで見つけたものかはわからない。とにかくそれは、紛れもなくチョココロネだった。巻き貝のようなパンに、たっぷりとチョコクリームが入っている。

事件だった。

アメリカ住まいのぼくたちにとって、それは戦後の家庭でおやつにバナナが出るくらいの、おおごとであったのだ。

美味い予感しかしなかった。

ニューヨークのウクライナ人街のアパートの六階に、突如として舞い降りたこの文明開化を、いかに時間をかけて、たっぷりと味わうべきか、ぼくは綿密なプランを練りはじめた。

それは母にとっても同じだった。

母は少し考えてから、

「フライパンで焼いてみよう」

と言い出した。

こういうとき、母はなんでも一度火を通すのが好きなのだ。実際、それは試すに値する案であるには違いなかった。

しかし、なぜだか嫌な予感がした。

素晴らしいことを思いついたという顔を母がすればするほど、予感は確信に変わっていった。

「母は絶対にこのパンを焦がす」

と思った。

家族という間柄では、ときおりこうした直感が働くものだ。ぼくは猛烈に反対し、そして母はぼくの反対を押し切り、やっぱりチョココロネを半分黒焦げにしたのだった。

この一件はぼくにとっても、母にとってもトラウマのようなものとなった。反対を押し切られたぼくとしても遺恨《いこん》が残るし、息子にチョココロネを食べさせたかったのに失敗した母は、それ以上に残念で、悲しく思ったはずだ。

以来、母が何か素晴らしいことを思いついたという顔をして変なことを言い出したとき、

「チョココロネ」

とぼくは呪文を唱え、母もいったん立ち止まるようになった。

それにしても――どうしてこんなことを、いまに至るまで憶えているのか。いつの時代も、食い物の恨みは深いからか。

しかし、あのときぼくたちは焦げたチョココロネをどうしたろうか。もちろん、食べたのだ。焦げた箇所をこそげ落としながら、大切に。

そしてそれは、美味かった。

生地は半分炭化しつつも、ふわりと軽く、喉が渇く一歩手前で、潤んだ甘いクリームが香りとともに口のなかに広がる。

そうなのだ。美味く、幸せな記憶であるからこそ、ぼくはこの一件をいまも憶えているのではないか。いや、もちろん恨みに思ってもいるのだけれど。

チョコレートと私

町田忍

おしりから虫が……

私が幼稚園の頃のことだから、昭和三十年前後のある日のことである。休み時間に園庭で遊んでいると、なんだかおしりの穴がむずむずとしてきた。と思ったらズボンの裾から白いうどんのようなものが出て来たのだった。それは何をかくそう、回虫だったのだ。子供心にも私は大変なことになってしまったと思ったが、仲間や先生には話さない方がよいと思って秘密にしていた。

しかし当時は子供たちのおなかには多かれ少なかれけっこう回虫がいたもので、事実私の母校の資料によると昭和二十五年度、生徒の九五%に寄生虫がいるという資料

が残っている。（碑《いしぶみ》 小学校八十五年史）

なぜ私のおしりから回虫が出たのかというと、当時寄生虫の薬として、食べやすいチョコレート味の薬「アンテルミンチョコレート」（中村化成産業㈱製造）を食べていたからだった。昭和三十年前後、チョコレートは私にとっては日常のお菓子ではなかった。おそらく年に何回も食べなかっただろう。当時の子供にとってお菓子といえば、日常的には駄菓子屋で買う安価なものが中心だった。ケーキだって、生クリームよりチョコレートのバタークリームケーキがクリスマスに食べられる程度だった。

ともかく当時チョコレートは板チョコ中心の商品構成であり、虫下し用の薬アンテルミンチョコレートも子供が食べやすいようチョコレートに似せて板状になって紙に包まれていたと記憶している。チョコレートの思い出でまず私の頭に浮かぶのはそんな虫下し薬だった。

百貨店のお菓子屋

昭和三十三年のこと。仲間たちとの遊び場であった原っぱで突如として工事が始まった。何ができるかと思っていたら、十店舗ほどの店が入った百貨店だった。名前は「城南百貨店」。花屋、魚屋、雑貨屋、乾物屋、肉屋、くだもの屋などの他、入り口にお菓子屋さんがあった。四角いガラスケースの中に入った、オレンジ色をした金魚型のお菓子、マコロン、動物ビスケット他いろいろあった。もちろんサクマのドロップス、カルミン、ミルキー、キャラメル、フィンガーチョコレート、新高ドロップ、そして板チョコはもちろんのこと。私が特に気に入って買ってもらったのが、チューブ入りのチョコレートだった。後に調べてみると、それはどうやら森永の「ソフトチョコレート」だったらしい。昭和二十八年当時二十円だった。このチューブチョコはフタがネジ式だったので、途中でポケットに入れておいても安心。そして夏でもベタつくことを気にせずに食べられるスグレもののチョコだった。もったいないので最後まで思いっきり絞ってなめたり、無理に開いたりもしたことがあった。

チョコレートはそれほど、当時の子供たちにとって、バナナと並んで、おやつの王様だったのだ。ちなみに昭和三十八年当時の新聞に、一袋五本入りのバナナが五十円で安いと紹介されている。従ってチョコレートも今の感覚より高かったと考えてよいだろう。

話を城南百貨店に戻す。当時はもちろんのことコンビニエンスストアも大手スーパーもほとんどなかった。商店街の小売店中心だったところへ、十店舗が一ヵ所に入った百貨店ができたものだから、連日たいへんなにぎわいだった。チンドン屋さんが来て近所を巡り、仲間でついて歩いたことがある。そんな城南百貨店も高度経済成長期以降の大手スーパーの出現、それに続くコンビニエンスストアの出現により、数年前に駐車場となってしまった。

バレンタインデーの出来事

それは中学一年生の時の、ある日の放課後のこと。クラスメイトの女の子M子は、仲間内でも人気のある方の子だった。そのM子が男子のクラスメイトT男にチョコレートを渡しているところを偶然目撃してしまったのである。昭和三十九年の冬頃のことだから、後で思えばバレンタインデーだろうということになるのだが、当時は今ほど知られていなかった。M子はずいぶんと洒落たことをしたものである。その時のチョコレートは「明治ミルクチョコレートデラックス」だったことをはっきりと覚えている。

そのことがあったからかどうか自分でもさだかではないが、私のチョコレート好きもこの頃から本格的にスタートしている。おまけに今見ても明治のミルクチョコレートデラックスのコレクション枚数が多いのは、そんなバレンタインの何か苦い思い出があるからなのだろうか？

すでに昭和四十年前後には板チョコレートのみの板チョコ中心から、アーモンド、ラミーなど、コンビネーションタイプのチョコが急激に登場してきた。それらは生活が豊かになった結果であり、背景には、テレビが広く一般家庭に入り込みチョコレートのＣＭが多く流されるようになったことも関係している。

チョコレートで卒論

高校、大学の学生時代も私は精力的にチョコレート収集のため、いろいろと買い続けた。この頃はかなり収集を意識していたので、買った後も、ラベルやパッケージをうまく広げて保存するようになった。

高校三年から大学時代は学生運動が激しかった時代で、大学もロックアウトなどが続き授業も正常に行われないことも多かった。

そんな時、肉体労働（コカ・コーラ配達、工事現場他）のアルバイトをして資金を作り、一九七二年、ヒッピーとしてリュックを背負いヨーロッパへと旅立ったのである。ヨーロッパを回りながら各国でチョコレートを買いまくった。

ヨーロッパ人はチョコレート好きである。特にスイス人は大好きで、駅の自動販売機には必ずチョコレートがあったことを覚えている。二カ月あまりヨーロッパを巡って、チョコレートラベルを収集してきて、ふと思った。今まで自分は何のためにチョコレートラベルやパッケージをこんなにも溜め込んだのだろうと。ここまで集めたのだから、何かまとまった形にしよう。そこで思い立ったのが、卒論のテーマにしようということであった。

そこで各メーカー（大手以外もあり）、外国も含めラベルを十冊のスクラップに張り付け、論文として四十枚程度だが、「時代の変化とチョコレートパッケージの関係について」と題した卒業論文を提出し、卒業した。

卒業後も、もちろん収集は続けていた。しかしいつも大学に提出してしまったあのラベルのことが気になっていた。十年前にスクラップブックのみ再び戻してもらうことが可能ということがわかり、手元にきたときは、実に嬉しかった。

パッケージ、ラベル収集は私のライフワーク

現在私の手元にはおそらく約四千枚近いチョコレートのラベルやパッケージがある。最近はデザインサイクルの変更が早く、新商品も少し目をはなすと姿を消してしまうので、日常のコンビニ巡りが重要な収集活動となっている。中にはコンビニしか置かないチョコレートもあったりする。さらに紙をまいただけのラベルよりも箱型のパッケージが多くなってきたので保存にも苦労する。ラベルならば開いてしまえば楽だが、箱物はそうはいかない、おまけに商品によっては製法が複雑だったり、しっかりノリづけされていたりと、開けるのにも苦労する。カッターを使用してそっとノリの部分をはがし美しく開けなければ後の資料としての役割は半減してしまうからだ。

次に食べる方が追いつかないのである。そしてついにチョコレートの食べ過ぎかど

町田忍

うかは不明だが、去年の健康診断の結果、総コレステロールが高めという数値が出てしまった。

それはともかく、なぜこんなにもチョコレートにのめり込んでしまったのだろうか？

しかしよく考えてみると、何も私が収集してきたのはチョコレートだけではない。例を挙げるならば、納豆ラベルにしても二千枚ほどはあるし、空き缶にしても昭和四十年頃から現在まで約二千缶以上はあるだろう。万事こんな感じで、あらゆるラベル、パッケージを収集中だ。そんな中でもやはりチョコレートは特別な思い入れがある。それはやはり今までにも述べてきたように、自分の歴史とチョコレートがオーバーラップする点にあるのではないかとふと思うことがある。

そんなことを思い浮かべながら私はまた、明日もコンビニ巡りをするだろう。

バレンタインデー

初見健一

「バレンタインにチョコを贈る」という日本独自の慣習は、一九三六年の神戸モロゾフの新聞広告、さらに約二〇年後、一九五八年に新宿伊勢丹で行われたメリーチョコレートのバレンタインフェアなどが起源である……といわれている。が、いずれも国内に広くバレンタインを認知させるまではいかず、六〇年代に森永などの大手製菓会社、各百貨店、輸入雑貨ショップなどが繰り返しフェアをするも、一般的にはほとんど盛り上がらなかったようだ。提案されるプレゼントの内容もバラバラで、特にチョコがクローズアップされる傾向もなかったという。

「バレンタインチョコ」が本格的に定着するのは七〇年代に入ってからで、資料によって「前半」「後半」などのバラつきはあるのだが、とにかく七〇年代の数年間に、主に女子中高生たちの間で急速に普及していったそうだ。

とするなら、僕ら世代は「バレンタインにチョコを贈る」という慣習が日本に誕生する過程に、リアルタイムで立ち会っていたことになる。

アレコレ思い出してみると、「今日はバレンタインデーだよ」といった会話を耳にするようになったのは、おそらく小学校の低学年のころだと思う。それがどういう日なのか、一応は子どもたちも知っていた。おそらく、この一九七四、五年くらいに、当時のお姉さんたちの間で本格的に流行りはじめたのだろう。

そして、僕のクラスで実際にチョコのやりとりがはじめて行われたのは、僕が小四のとき、一九七七年のことだった。どうしてこんなにハッキリ覚えているかというと、このときに僕自身も生まれてはじめてチョコをもらったから、ということもあるのだが、クラスでチョコのやりとりが開始される経緯があまりにアホらしくて、忘れようにも忘れられないのだ。

小四の年のバレンタインデーの、あれは確かすべての授業が終わってみんなが帰り支度をはじめていたときだった。クラスの男子のひとりの馬鹿が、突如「もうがまんできないっ!」といった様子で椅子を蹴って立ち上がり、ズカズカと教壇にあがって、みんなに向かって信じがたい演説をはじめたのである。

「ウチのクラスの女子はみんな馬鹿だ！　今日はバレンタインデーだぞ！　海外の女の子たちは、みんなチョコを配るんだ！　これは礼儀だ！　友情の印なんだ！　いやらしいことじゃないんだ！　どうしてお前たちはやらないんだ！」

その常軌を逸した剣幕に、全員があっけにとられた。彼は要するにただ「チョコをくれ」と催促しているわけなのだが、なぜか語調が怒りに満ち満ちていて、しかもちょっと泣きそうなほどに高ぶっているのである。

男子も女子も「アイツ、気でも狂ったんじゃないか？」と思ったのは間違いないが、同時に「そっとしておいた方がいい」という暗黙の了解もあったと思う。教室中がシーンとして、誰も彼に反論しなかった。

そして翌日の一五日、クラスの女子たちはあくまで「しかたなく」といった感じで、それぞれの子が比較的仲のよい男子にチョコを配ることになったのである。

「なんだそりゃ？」という顚末だが、とにかく僕も、その馬鹿の「狂気の演説」のおかげで、生まれてはじめて「バレンタインチョコ」なるものをいただいた。

いつもケンカばかりしていた周囲の女子たちから四枚くらいもらったと思うが、すべてが不二家の「ハートチョコレート」だった。

この不二家が誇るロングセラーのチョコレートは、七〇年代から八〇年代にかけて、女子たちが「言っておきますけど、これはあくまで義理ですよ」の思いを伝える際、決まって利用する典型的な「義理チョコ」として君臨した商品である。

初見健一

「ホワイトデー」の話

伊集院光

アメリカ人によると、何もバレンタインデーに贈るのはチョコレートでなくてもいいという。さらに女から男に限られるというわけでもないらしい。おそらく日本のチョコレート業界の切れ者がこういう風にしたのだろう。煮豆業界の切れ者がいち早く目をつけていればフジッコのおまめさんもさぞかし売れただろうに。本命にはおたふく豆とか義理の人にはウグイス豆とか。

で、さらにチョコレート業界の切れ者が調子に乗って提案したのがホワイトデーと思われる。上手くできているのは、一年のうちにチョコレートがバカ売れする日をさらに一日でっち上げただけでなく、一ヶ月後という短期間に設定したことでバレンタインデーの売れ残りを包装しなおして処分できるという手の込みようだ。

しかし切れ者は気づいていない。この両日だけは「チョコレート好きの不細工男」の売り上げが下がっているということに。ただ普通にチョコレートが食べたかっただけなのにバレンタインデーに限っては他の客に自作自演を疑われるに決まっているし、ホワイトデーには「見栄を張っていやがる」と思われる。不細工の心は不細工が知る。チョコレート業界の切れ者君よ、君もまだまだだな。

僕がこんなにホワイトデーに対して敵意をむき出すのは、僕がビジネスチャンスを逃《のが》した煮豆業界の人間だからではない。ホワイトデーにいやな思い出を持つ人間だからだ。

バレンタインデーを知ったのは小学校三年生の頃だったろうか。後《のち》に忌々《いまいま》しい思いをすることになる母親からのチョコレートも、このころは「チョコレートが食える」というだけで嬉しいイベントだったと記憶する（高校二年生の深刻なもてない期&思春期に『はい！　建ちゃん（僕の本名）バレンタインデー!!　お母さんから愛を込めて（満面笑み）』とやられたときは目の前でゴミ箱直行だったが）。

それから遅れること三年。小学校六年生のとき、わが町にもホワイトデーなる風習が伝わってきた。１９７９年『幾度も泣くホワイトデー（ホワイトデー荒川区に伝来）』と覚えましょう。

二つ上の姉がいうには『3月14日はホワイトデーといって、バレンタインデーの逆の日だ』とのこと。それをまだチン毛も生え揃わないころの僕は間違えて認識してしまう。

「バレンタインデーはチョコレートをあげることで『女子が好きな男子に愛を告白する日』ということは、その逆のホワイトデーは『男子がチョコレートを好きな女子にあげて愛を告白する日』となる。きっとクラスのチン毛も生え揃ってない男子連中はこの最新のトレンドを知るまい。ならばこの俺がいち早く！」

なけなしの小遣いを手に近くのサンリオショップへ行くと、そこは目ざとい商売人。店先には「男の子から女の子へ愛のホワイトデー」なるコーナーがあるではないか。早速チョコを一つ買って翌朝学校に行き、当時大好きだった裕子さんの机の中に入れた。ドキドキだった。「小学生という不安定な身分ではすぐに結婚は出来ないが、まじめな交際を重ねていずれ素敵な家庭をもちましょう。子供は二人、一姫二太郎が理想ですが、あなたとの間に出来た子なら性別を問わずきっと可愛いでしょうね」とか思っていた。

他の生徒が来る前にいったん教室を後にして何食わぬ顔で再登校した僕は、その日一日気が気ではなかった。裕子さんはチョコレートに気がついただろうか、そしてホワイトデーの意味を知っているだろうか。知ってるだろうかも何も、てめえが間違っちゃってるんだけど。

昼休み、裕子さんが席をはずしている隙を見計らって机の中を見ると、チョコがない。五時間目と六時間目の休み時間、同じクラスのブス山さん（仮名・女子）にホワイトデーに関する話題を振ったところ、意外にこの新イベントが女子の間ではメジャーなことも確認できた。このあと延々と続いたブス山さんの恋愛論は無視した。

そして放課後。男友達の難波君や久保君や近藤君らと校庭でそのころ流行していた金玉鬼で（久保君考案の新スポーツ。概要は鬼ごっこだが鬼がタッチする代わりに金玉を握る。握られた側が「ギブ」といったら鬼交代。久保君曰く「後にオリンピックの種目になる競技」）遊びつつ裕子さんの下校を待つが、裕子さんが校舎から出てくる様子がない。痺れをきらせて教室へ行くと、なにやら様子がおかしい。

そっと覗いてみるとそこには裕子さんを中心に女子が数名いてなにやらディスカッションが行われている。さらに目を凝らしてみると裕子さんの机の上には僕のあげたチョコが置かれているではないか。

「おめでとう裕子」「よかったね裕子」と女友達たち。「でも信じられない」と裕子さん。中に入ることができずに心臓をバクバクいわせている僕。

「素直に喜びなよ裕子」「でも」「だってそうとしか考えられないじゃない」「でも…バレンタインのときはちっとも嬉しそうじゃなかったし…」「それは照れてたんだよ」「？…？…？…」

最後の「？？？」は廊下の肥満児の頭の中からはみ出たものである。

「だって裕子がバレンタインデーにチョコレートあげたのは久保君だけなんでしょ」「もちろん」「だったら久保君からだよ。ってことは両想いだよ！」「よかったね裕子！」「嬉しい」「だってホワイトデーにチョコをくれるってそういうことジャン！」

そういえば、僕は買ったチョコレートを裕子さんの机の中に入れるのだけで精一杯で自分の名前なんか書いてない。しかもこの流れから分析するに…ホワイトデーというのはバレンタインデーにチョコを貰ったモテ男子が女の子にお返しをするものらしい。そして裕子さんは久保君が好きらしい。「ウギャアー」

今の「ウギャアー」は、僕が追いかけて来た久保君に背後から金玉をつかまれて上げた悲鳴だ。

久保「建！　校舎の中に逃げるのはなしだぞ！（つかんだまま）」
僕「久保待て！　待ってくれ（つかまれたまま）」
久保「ギブしろ！　ギブ！（つかんだまま）」
僕「…待ってくれ（つかまれたまま）」
女子A「ちょっと何してるの（教室の中から）」
久保「ギブしろ（つかんだまま）」

裕子さん「く…久保君…（教室から感激の表情で出てきて）」
僕「し…死ぬ（つかまれたまま、白目を剝《む》いて）」
女子たち「久保君やるじゃん、ヒューヒュー（口笛を鳴らし）」
裕子さん「…久保君（もはや感激のあまり泣き出しそう）」
僕「べ、ぎばろ、ごばすげろ…（ちぎられそう）」
久保「ギブか？（ちぎりそう）」
僕「…ギブ。（泣きながら）」
裕子さん「久保君ありがとう（泣きながら）」
久保「よっしゃー！（喜びながら）…ああ、お前ら何やってんの？」
裕子さん「久保君これ、嬉しかった（感激&感涙）」
久保「裕子、学校にチョコとか持ってきちゃいけないんだぞ！　建！　お前鬼だからな！（走って立ち去る）」

僕が意識朦朧《もうろう》となりながら「裕子さん一姫二太郎は無理かも…」と股間を押さえているると、こんな地獄絵図が展開されたというのに、女子たちの結論は「久保君はシャイだから照れ隠しにいったに違いない」という方向に向かいつつあるから恐ろしい。
僕は勇気を出していった。「裕子さんそのチョコレートをあげたの僕です」

その後の展開はおぼろげにしか覚えていない。裕子さんは泣きながら帰ったと思う。勿論さっきまでの涙とは違う意味で。僕は女子数人から「どうしてこういういたずらをするのか?」と糾弾されたと記憶する。最終的に逆切れした僕は「面白半分にやった」といい、逃げるように男子グループのところに帰ってから近藤君の金玉を握った。しばらくクラスの女子は口をきいてくれなかった気がする。

当時のことを思い出しながら書いていたらもうこんな文字数になってしまった。それ以来僕にとってバレンタインデーやホワイトデーは忌み嫌う日になった。この三年後に起こった「バレンタインデー撲滅テロ計画失敗、近藤君大野君失神、犬糞製偽チョコレート製作大暴走事件」については、来年の2月14日に書こうと思う。

刑務所の中

平松洋子

花輪和一の私小説漫画『刑務所の中』（講談社漫画文庫）を読んでいたら、「あっ」となった。

「2級は毎月一回　3級は一ヵ月おきに集会があった　集会では菓子を食べ　カン入り飲料を飲みながらビデオ映画を見るのだった」

その菓子というのが「アルフォート」。ビスケット生地にチョコレートつきのひと口サイズ、コンビニ値段ミニサイズ十二個入り百五円。

「ん〜ん〜　いい！　いい！　最高」

「こたえられねえな」

獄衣に身を包んだ大の男が、感極まってチョコレート菓子をつまむ図がかわいいやら、せつないやら。さすが鬼才花輪和一、不気味なおかしみが滲む。名場面は山ほどあるが、作業中に予定外の行為をしたいとき（消しゴム拾いでも）、いちいち挙手して「願いまあ〜す」を連発させられるシーンなど、奇天烈《きてれつ》な笑いが脳内に棲みつく。さて、なにが「あっ」かというと、「アルフォート」はわたしの密かな偏愛モノなのだった。それも、仕事場で行き詰まって、ただでさえ心配な思考能力がもっと低下したときの。自分だけだろうと公言できないでいたら、刑務所でこんなに愛されていると知ってじーんときた。

机のまえから一歩も離れられず、なのにアタマが崩壊しかけたとき。脳のエサが三つある。それが「アルフォート」「明治ミルクチョコレート」「不二家ルックチョコレート」だ。共通項はチョコレートだが、ショコラと名がつくエッジの効いた高級品は、この場合ぎゃくに役不足だ。沖縄の黒糖を割って舐めていたこともあったけれど、ちょっと刺激がつよすぎて、幼稚園の三時のおやつ系が適任である。なつかしい味のチョコレートをひとかけ、舌のうえでナニカをあやすようにゆっくり溶かす。すると、てきめんにナニカが弛緩する。脳がなごむのだ。ふたかけ、みかけ、今度はナニカがむっくり起き上がり、電池切れのサルのおもちゃがシンバルを叩きはじめる。ビスケットつきの「アルフォート」をぼりぼり貪《むさぼ》れば、空腹の虫も納得だ。

毎度つくづく思うのだが、切羽詰まった状況での甘いものには絶大な魔力がある。

『刑務所の中』には大みそかの夕食に配られるおせちが描かれており、その図を眺めてのけぞった。

昆布巻き、煮物、エビフライ、春雨スープ……満艦飾《まんかんしょく》。そこに、だめ押しのようかん付き。しかも驚愕の「ようかん一本の二分の一」！　刑務所では、一回で食べられなければ残飯にするほかなく、なのに太い「ようかん一本の二分の一」（さらにみかん三個付き！）はイヤミに近い。年に一食の大盤ぶるまいだが、さすがに無体じゃないのか。

ここで思いだしたのが土山しげる『極道めし』（双葉社、アクションコミックス）である。大みそかのおせち料理を賭けて、ムショ暮らしの男たちがうまいもん話を競う、あの漫画。二ページにどどーんと描かれた一食ぶんのおせちの図に、やっぱりミニ小倉・抹茶ようかんの二個セットがあった（みかん二個つき）。

甘いものは人間の中枢神経を牛耳る。おそるべき陶酔力、破壊力が、塀の中でもいかんなく発揮されているのだった。

『刑務所の中』を読んでからこっち、どん詰まりの仕事場で起死回生の「アルフォート」をぼりぼり齧《かじ》っていると、一瞬ここは刑務所かと思う。誰もいないのに「願いまあ〜す」とか言ってしまいそうだ。いや、たしかに檻のなかなのだが。

長友

穂村弘

先日、喫茶店でお茶を飲んでいたときのこと。

隣の席の男の子が女の子からラッピングされた小箱を手渡されていた。そうか、と思う。今日は二月十四日か。あんまり関係ないから忘れてたよ。

ちらっと視線を走らせると、宝石でも入っていそうな美しい箱だ。どうみても、恋人から恋人へ贈られる本命チョコレートである。

丁寧にかけられたリボンをほどきながら、彼はとっても嬉しそうだ。

「うわあ」

「へへ」

「うまそー」

「ここのトリュフ、とってもおいしいんだって」

「どうもありがとう」

「食べてみる？」

「うん」

「あたしも、ひとつ味見していい？」

「いいよ」

どれにしようかな、と迷いながら選ぶ女の子の指がチョコレートの一粒を摘《つま》み上げたとき、男の子が妙なことを口走った。

「ああ、長友が、食べられちゃう」

へ？　と一瞬思ってから、ああ、そうか、と納得する。

きちんと箱に列《なら》んだトリュフたちの中から選ばれた一粒が、たまたま「左サイドバックのポジション」だったんだろう。彼はサッカーが大好きで、いつもそのことで頭がいっぱいらしい。

ということが、隣で盗み聞きをしている私にはわかる。でも、バレンタイン・モードの女の子には咄嗟《とっさ》に通じそうもない微妙な冗談だ。

案の定、目の前のチョコレートに夢中になっている彼女は、彼の言葉をスルーして、それをぱくっと口に入れてしまった。ああ、「長友」があ。溶けるぅ。

そのとき、女の子がにっこりして云ったのだ。
「インテルの味」
男の子の顔がぱっと明るくなる。
おおっ、と私も思う。
通じてるよ。
負けた。

ある日の私とチョコレート

鈴木いづみ

一九四九年七月十日生まれの純粋なカニ座だから、本当はとても家庭的な星で深情で嫉妬ぶかいんだそうです。でもなぜかわたしはその運命に抵抗して、男の子につっぱって強情をはって、ひえた紅茶も飲まず別れるというより逃げ出す。いつでもそうで、「ひとはみなひとり年老いてゆく」なんぞと思う。結局は夜中にハイエナのようなゾッとする声をあげて、泣き笑いのごっちゃまぜとなる。わたくし、宿命の女NO.1を自認しているのです。グレタ・ガルボには、とてもとても及ばないけれど。

バレンタイン・デーというのが、あるそうですね。お嫁にいきたいと思っているが、思春期のつづきのような少女趣味的思考から、やっぱりメロドラマティックにあいしあいたいわけです。へたくそな手練手管をつかおうと決心して、チョコレートを送る風習なんてのはよいなあ、とにんまりする。しかし、かつて、一度も男の子にプレゼントしたことはない。いつでも忘れてしまうのです。だらしないぞ！　草の根分けても男を探すつもりなら（ところが、そんなつもりもあまりない。伯母さまの家へいくと、早く男を捕獲しろと、ギャアギャアさわぎたてられる）その日を忘れてはいけません。

あまいもの、大好き。「お菓子の好きなパリ娘」というけれど、それでいて彼女たち、ファッション的にすらりとしているのは、なぜかしらね？　パリ娘ではないけれど、わたしはしょっちゅうお菓子を食べている。ちゃんとした食事は苦手なのです。若い娘向きのダイエット・メニューには、義務感がつきまとうから。

ある日、チョコレートを食べながら、道を歩いておりました。恥知らずにも、十五歳の小娘のような自己満足のかわいらしい気持ちになって、自分だけのチョコレートをつくろう！　と思いたちました。

わたしは何でも自分でつくる。友達が遊びにきて、白ペンキがまだらになっているぶかっこうな飾り棚やその上の造花を見て、「あなたは質素革命を実践してるね」という。別に流行だからではないのです。たよりないひとり暮らしに、確かな生活の実感（確かでない実感などあるだろうか？）を得たいから。

パンタロンもワンピースも、友達から借りたミシンでつくる。セーターはかぎ針編みで、クッションは余りぎれのパッチワークで、化粧水はいなかのおかあさま製のヘチマ水、ビーズで指輪やブローチをつくっては、本心では迷惑がっているかもしれない友達に、やたらにあげたがる。

だから自家製のチョコレートというのも、とっぴな思いつきではありません。しかしまあ、原料からというのはとても無理。板チョコをたくさん買ってきて、なべで煮とかして、かわいらしい型に入れようと思った。その中に、アルミホイルにしっかりと包んだラブレターなんぞをいれるのは、カマトトふうでよいなあ。

チョコレートを弱火で煮ている間に、大急ぎで手紙を書こうとする。それも、まわりにレースがついているような、いやみたっぷりの愛らしい紙に。ところが、ところが……内容を少しも思いつけない。それに、いったい、誰に向かって書くのだ？　いまはまったく男出入りがないから、送る相手がいないではないか。

なんでもいいからあまったるくベチャベチャと書いてチョコレートの中にとじこめて、いつの日か（本当にいつの日か、である）わたし好みのネズミ男が現われるまで、冷蔵庫にしまっておこう、とでもいうつもりか。

いくらかガックリしている間に、チョコレートはこげはじめる。で、何も書いてない紙をホイルにつつみ、大急ぎでガスを消した。白紙というのも、イミシンである、と勝手に納得して。

できました！　ハート型というのは平凡すぎるから、ちがう形にしようとして失敗して、まるで鯨のようなかっこうのチョコレートが。たぶん、タイ焼きのことが頭にあったのだと思う。

うれしがってきれいな色のホイルにつつんだのはいいが、冷蔵庫に入れていると、あけるたびに気になる。あと二年も三年も、これをあげる相手が現れなかったら、どうする？

数日して、やっぱり道を歩きながら、その鯨型チョコレートを食べていた。女友達に出くわした。（彼女はわたしの部屋から、歩いて五分のところに住んでいるので、つごうの悪いときにも会ってしまうことがある）

「あんた、何してるの？」

彼女は軽蔑たっぷりの他人の目で見る。

「ええ？」と間のびした声をあげて気がつくと、わたしはアルミと紙とをくちゃくちゃと食べていた。こげくさいチョコレートといっしょに。

ふたりはそれから喫茶店へ行き、たがいの十九世紀的かつ悲劇的な男運を思って、フランス映画ふうにため息をついたのでした。

甘い恋

西加奈子

コンビニに新作が並び、雑誌でお取り寄せの特集が組まれ、最近では男の子もその魅力にはまっているという、スイーツ。

デザートからスイーツという呼び方になったのは、いつからなのか。私はいまだにこの「スイーツ」という言葉を、恥ずかしくて言えずにいる。

一緒に食事に行った男性が、「何か、スイーツ頼む？」などと言うと、鼻白《はなじろ》む。何がスイーツじゃ、お前「甘いもの」世代やろが、と思う。

私は、デザートが好きだ。

恥ずかしいからそう呼ばない、ということもあるが、私が好きなものは、どうも

「スイーツ」というよりは「デザート」と呼ぶほうが、しっくりくるものばかりなのだ。

チョコレート、プリン、シュークリーム、パフェ。

例えば雑誌に載っている「〇〇牧場のなんとか」だとか、著名なショコラティエが作った「なんとかカカオのなんとか」だとか、代官山の〇〇のなんとかというパティシエが作ったなんとかタルト、だとか、そういうものも、いただいたり連れて行ってもらったりして食べると、

「この世のものか！」

と叫びたくなるほど美味しいのだが、なんていうか、いまだに、感覚としては高嶺の花なのだ。

「ご褒美《ほうび》スイーツ」、などというタイトルで特集を組んでいる雑誌などがあるが、あれは正解だと思う。「スイーツ」は、ご褒美。「クリスマス」や「誕生日」などと一緒で、特別なものだと、私は思う。いわば「ハレ」だ。

「ケ」の私が好きなのは、田舎のスーパーに行っても売っているようなチョコレートやラクトアイスに、3個パックのプリン、おじさんがもくもくと煙草を吸っている喫茶店で食べるチョコレートパフェ、お父さんがお土産《みやげ》に買ってきてくれた、駅で売っ

ている日本の（そう言うのもおかしいが）シュークリームなのである。

特にお世話になっているのが、チョコレートだ。

作家という仕事をしているため、私はずっと家にこもって仕事をしている。

もちろん、打ち合わせや飲み会などで外に出ることもあるが、基本は、ずーっと、家にいる。

真面目に原稿に向かっていて、たまに、とんでもなく集中するときがあると、脳みそがぐるん、と、後ろに「回る」ような感覚に陥《おちい》るときがある。

この感覚を説明するのは難しいのだが、私はそれを、「脳みその後転」と呼んでいて、それが起こると、椅子に座っている体ごと、後ろにぐるり、とひっくり返るような気分になるのだ。

え、それあかんのちゃうん、と、心配してくださった方もいらっしゃるだろうが、私はこの感覚がなかなか好きで、それが起こると、「書いとるなぁ！」と、自分を褒めてやりたい気持ちになる。そして、そういうときは、何のことはない、脳の糖分が不足しているのだ。

常備している板チョコをぱくり、と食べると、どうだ。

チョコレートの甘さがみるみるからだを駆け巡って、それこそ、脳みそにぎゅーん、と浸透していくのが感じられる。

力がわいてくる、と言うのだろうか。あああああああ、と、叫びだしたくなる。限界までお腹がすいたときに、キャラメルを口に放り込んだときにも、同じ感覚になる。

ああああああ、甘くて、美味《おい》しい!! やったるでー!! という感じ。


だが、同じ甘いもので、それとは逆の現象が起こったことがある。

昔、男の子と、パフェを食べに行ったときのことだ。

その子とは、それを、デート、と呼んでいい間柄ではなかったと思う。何故《なぜ》そうなったのか、私たちは、駅の近くの、何の変哲もない喫茶店に入ったのだった。私はプリンパフェを、彼はチョコレートパフェを注文した。お互い、特に私が、すごく緊張していた。男の子も、パフェを食べるんだ、と驚いたことを覚えている。そしてそのことで、何故かその男の子に、さらなる好意をもった。女の子の前で、堂々とチョコレートパフェを頼むなんて、なんか格好いい、と思ったのだ。

一口食べたパフェは、甘かった。本当に甘かった。その甘さは、体中を駆け巡り、神経の隅々まで行き渡り、そこで元気になるはずが、何故か眠気に変わった。細胞すべてに、「眠れ!」と言っているような、強烈な眠気だった。

緊張と眠気に耐えきれなくなった私は、思わず、「眠たい！」と、叫んでしまった。

叫んですぐ、「失敗した！」と思った。楽しいはずのこの時間を、大切なこの時間を、「眠たい！」だなんて。

でも、彼は笑ってくれた。笑った、というより、吹き出した。そして、こう言った。

「西さん、僕じゃなかったら、怒られてますよ」

あの子は、私にずっと敬語を使っていた。

私が眠ったのかどうか、覚えていない。もしかしたらあれは、ぼんやりしていた私が見た、夢だったのかもしれない。

西加奈子

本命のチョコ食いあかす犬心。

伊藤比呂美

バレンタインには、夫から恒例のゴディバがやって来るはずであった。アメリカでは女から男へという制約はない。たとえばうちは毎年、夫が律儀に義理チョコを寄越すので、あたしも彼に義理スコッチを贈る。

そのチョコが犬に食われた。ゴディバの。大箱が。

タケは五月で十三歳になる。

ジャーマンシェパードとしては長生きだ。うちに来た当初は末っ子トメと同じくらいの幼児犬だったのに、家族の年をみんな追い越し、あたしと同世代のおばさん犬になり、今や熊本の米寿の父と同じくらいの老犬である。目には白い膜がかかり、おしりはやせてゴツゴツしてきた。持病の湿疹は治りが悪くなり、嚙《か》みすぎてあちこち禿《は》げた。それで加齢臭みたいなニオイがする。腰が砕けてよろよろしながら立ち上がる様子が、パーキンソン病の父とそっくりである。すわるときは「どっこいしょ」と犬語で言う。

あんまり長生きしたのでとうとう犬をやめちゃって、人間の年寄りになってしまったような風情である。

犬をやめたので、ボールを見ても、犬みたいにがむしゃらに追っかけたりしない。噛みつきたいのを我慢して、辛抱強くルールを守って、サッカーボールを（鼻で）キックしながら遊ぶのである。昔は訓練済みのシェパードであったことも、犬をやめて人間の年寄りになったことも忘れて、ただの子犬に返る。見ているだけで、ほほえましくて笑いがこぼれてくる。

ところが。犬だけで留守番するときにも、タケは子犬に返る。子犬に返って、子犬しかしないような悪さをする。ゴミ箱を漁《あさ》ってぶちまけたり客用ベッドの上でおしっこしたり。

「チョコレートがなくなった、買ってひそかに机の下に置いといたのだ、盗まれたのかもしれない」と夫が言い出したときには、すわ、アルツハイマー発症かとどきどきした。

いったい誰が家に忍び込んでわざわざチョコレートを一箱盗むか、「買ったつもりで買わなかったんじゃないの」とこっちが言えば、「なにをう、おまえはおれがボケたと言うかー」とあっちは憤り、しれつな夫婦げんかに発展したのだが、下手人はタケであった。

夫がボケたんじゃないのでほっとしたが、しかし犬を飼ってる人ならみんな知っている。犬にチョコレートは禁物なのである。しかもゴディバの大箱はバカ高いので、絶対に食べちゃいけないのである。

この頃は、ひんぱんにあたしのとこに来て、ひいひい鼻を鳴らして催促する。「ごはんは？」である。さっき食べたよと言っても納得しない。「さんぽ」に行って帰ってきて五分もすれば、また「さんぽは？」と誘いに来る。

死んだ母が寝たきりになる前、電話をかけると、「あんたいつ帰ってくるの」と同じことを聞いたものだ。来月だよと言っても、五分後には同じことをくり返した。何回も何回もくり返した。ああいう感じである。

母の場合、くり返し確かめたいのは、あたしがいつ帰るかだったが、タケの場合は「ごはん」と「さんぽ」だ。ボケたなあと思うけれども、痛ましくも悲しくもない。あの賢かった犬もこうしてボケるのかと思うと、可笑しくて可愛い。「可哀い」のかもしれない。

犬にはことばがない。憎まれ口は一切たたかない。口答えもしない。説明も言い訳もない。ことばがあると思うから、気持ちを伝えたくなる。たいてい言わなくていいことだ。言ってもしかたのないことだ。実は、犬には期待もしてない。だから言わない。

ことばがあるから、あたしたちは親の老いを悲しむ。

タケを見て、ババアだババアだと娘たちが笑っている。嘲ってるわけでも蔑んでるわけでもなくて、愛情をこめた「ババア」なのだが、あたしにはちょっと抵抗がある。昔、母がいわゆるババアになりかけた年頃のとき、あたしが、「もうババアだし」みたいなことを言った。そしたら母がまじめな顔して、「あたしは自分がおばあさんだということはわかっているんだけど、ババアと言われるのはいやだ。あんたには言わないでもらいたい」と。

むずかしい理屈は一切言わない、あるいは言えない、単純な母だったのである。それが、明確に主張してきた。すごく反省して、それ以来「ババア」も「ジジイ」も、親の前では、親のことを言ってるんじゃなくても、使っていない。タケの前でも使わないようにしようと心がけておる。

ぼくのお母さん

川上未映子

最近、あまり元気がなくて、小説もあんまり書けないから眠っていることが多いのだけど、眠ってもいつかは眼が覚めてしまうから、夕方の、薄暮が降りてくる時間になって、ベランダに出て、ぼうっとしてみる。風には、季節の、それから食べ物の、夕暮れの、悲しい感じの、色んな匂いがまじっていて、言葉にしてそう思うとそれだけで涙がにじんでくるのだった。変だね。

下を見ていると、小学生の低学年ぐらいの男の子が、小さな女の子（たぶん妹）と花壇に腰かけているのが見えた。このあたりに住んでるのかな。男の子は制服を着たままで、裸足のままで運動靴を履いている。ここから見ても、制帽も制服もなんだかくたっとしていて、少し汚れている感じがする。女の子も半袖の薄着に裸足にサンダルみたいなかっこうで、日が沈んだ今はちょっと肌寒いのにな、と思いながら、ぼんやりと眺めていた。

　すると女の子が泣き出して、お兄ちゃんはもうすぐ帰ってくるから泣くなと言って慰めるのだけど、女の子はまだ小さいから、ぜんぜん泣き止まない。お母さんを待ってるみたいだった。家がどこかはわからないけれど、家の中で待てない事情があるのかな。少し寒くなってきたから早く帰ってくるといいなと思いながら見てると、女の子はお腹がすいた、お腹がすいたと言って、さらに声を上げて泣く。お兄ちゃんが慰めれば慰めるぶんだけ悲しくなって泣きたい気持ちが増すのだろう。お兄ちゃんも、泣くな、泣くな、あとで何食べるか、考えよ、とか言って、なんとかおちゃらけて元気を出させようとするのだけどなかなか泣き止まず、でもお兄ちゃんのほうが泣きたいのじゃないかと思わせるようなそんなような明るさで、ずっといるのだった。

　わたしも、子どものとき、よくあんなふうにお母さんを待っていた。お母さんが帰ってくるとうれしかったな。お腹はすごく減っているのだけど、赤いエプロンをして自転車に乗ったお母さんが見えるとそんなの一瞬で吹き飛んで、うれしくて、おかえりとか言うのもちょっと照れくさくて、それで本当にうれしかったものな。子どもの頃は、色々と大変なことも多かったのだけれど、しかしお母さんはいつもにこにこしていて、ちから強く、水道が止まれば探検に行きますとか言って学校に水をくみにいったり、電気が止まれば懐中電灯で怖い話をする夜を演出したり、ほかにもありとあらゆる生活の知恵を結集させて、わたしたちを大きくした。どの時代であっても女の人が実質ひとりで三人の子どもを育てるのはどんなに大変かと思うけど、でも、不思議だけど、なんとかまあ、やってこれたんだよね。でもこれってさ、戦後でもなんでもない、日本がめちゃくちゃ好景気な最中の話でさ、誰かに話しても嘘でしょと驚かれることもある。話してるほうも、なんだかやれやれと思ってしまう。でも、もちろんわたしにとっては事実で思い出だから、なにもかもがついこないだの出来事なのだし、だから、色々がからまってしまう。お母さんを待っていたこととか、そのとき着ていたタンクトップの肌ざわりとか、寒かったり、みんなが子どもで、何かを待っていて、お母さんがいて、布団にくるまるだけでとてもうれしくて、たのしかったときのことや、気持ちなんかが。

そんなことを考えながら、ベランダから小さな兄妹を見ていたけれど、どんどん薄暮は深まるのに、お母さんは帰ってこない。妹も泣き止まない。ちょっと迷ったけれど、外に出て、コンビニでお菓子を色々買って、裏にまわってなにげなーく兄妹からちょっと離れたところで携帯電話を開いたりして誰かを待ってるふりをした。それでタイミングを見て「もう夜ねー」と声をかけたら、ぜんぜん警戒していなくて「うん！」みたいな返事をくれたので「お母さん待ち？」ときいたら「そう！」とお兄ちゃんが答えて、妹もちょっと泣き止んだ。なのでさりげなーく彼らに近づいていって「もうすぐ帰ってくるの?」ときけば、わからない、みたいな顔をして「もうちょっと遅いかもー」とか言ってお兄ちゃんが笑った。わたしは「そっか。なあ見てこれ。どうやってあけるんこれ」と言ってちょっと複雑なつくりのお菓子の箱を見せて、お兄ちゃんにあけてもらった。「おーすごい。さすが子ども。じゃあ妹はこっち。これ、あけられる?」と言って、妹もチョコレートの袋を一生懸命あけてくれたので「食べてもお母さんは怒らへん?」とききながら、まあ怒られたらそのときは怒られてくれという気持ちで、三人で並んで、チョコレートを食べた。彼らはわたしの大阪弁が面白いらしく、妹も笑うようになり、いくつか教えてあげた。ふたりともなかなかに勘がよくて、初歩的な「ちゃうちゃう」も「あらへん」も「しゃあない」も、すぐに習得するのだった。それから学校の話とか、色々な話をききながら、お兄ちゃんの国語の教科書を見せてもらったりした。三年生だった。

四十分くらいそんなふうにしていると、向こうからお母さんが自転車に乗って帰ってきた。ふたりとも「おかあさ――ん!」と叫びながら飛びついていって、お母さんはどこかの白い制服みたいなのを着て、にこにこと笑ってただいまあ、と言いながら自転車を止めた。わたしは、すみません、お菓子一緒に食べてました、と頭を下げた。すると「こちらこそすみません、お姉さんに、ありがとうは言ったの」とにこにこと笑ってくれた。わたしと同じ年くらいの、お母さんだった。子どもたちはお母さんにまとわりつき、そのまま団子状になって、歩いていった。「ほんならなー」とわたしは小さくなってゆく彼らに手を振って、それを真似する子どもらの「ほんならなー」を聞いてビニル袋を持ち、すっかり夜でひたひたになっているだろういつもの部屋に帰って、残りのチョコレートを椅子に座って食べた。

狼とチョコレート

小川未明

ちょうど年の暮でありました。今年の町への出おさめと思って、おぢいさんは、朝早くから支度をしました。

「娘のところへも、ちょっと顔を出して、できるだけ用達をして来よう」と思いました。

雪は野にも、山にも、積っていました。

「おぢいさん、おみやげを買ってきておくれよ」

と、子供がいいました。

七つになった男の子が、風を引いて昨日から臥《ね》ているのでした。おぢいさんは、この孫が、何より可愛かったのです。

「なにを買って来てやろうな」と笑いながら、おぢいさんがいいました。

「蜜柑《みかん》に、凧に、お菓子に……」と、子供がいいました。

「そんなに欲張るもんじゃない。おぢいさんが、見て、一番いいものを買って来てやるから、あたたかにして、臥て待っていなよ」と、おぢいさんがいいました。

おぢいさんは町につくと、娘のお嫁にいっているところをたずねました。

そして、みんなが元気で働いているのを見て喜びました。

「町は、いつもにぎやかでいいな」と、おぢいさんはいいました。

「おぢいさん、ゆっくりとして、今晩は泊っていって下さい」と、みんながとめました。

「いや、そうゆっくりはしていられない。可愛い孫が待っているからな」

「そういわないで」と、娘は、とめました。

「また、お正月きて、ゆるゆるお世話になるから」と、おぢいさんは、娘のところを出ました。それから、二三用達をして、「さて、おみやげに、何を買っていってやったら、いいかな」と、おぢいさんは、町の店さきを見て歩いていました。お菓子屋では、クリスマスの飾りがしてあって、眼がさめるように立派でした。

「さあ、板チョコにしようか、クリーム・チョコレートにしようか」とおぢいさんは考えましたが、クリーム・チョコレートにしました。そして、帰り途を急ぎましたが、日脚の短い時分でしたから、さびしい野原にかかった時は、全く人影が絶えてあたりは、しんとしていました。

この時、あちらから、黒いものが近づきました。見ると、それは、狼でありました。おぢいさんの体中の血は、一時に冷たくなってしまいました。しかし、おぢいさんは、あわてませんでした。いよいよ狼に近づくと、

「お前は、こんな骨と皮ばかりの人間をたべるより、ここにうまいお菓子がある。これをたべるほうがどれ程おいしいかしれないから」といって、銀紙に包んだチョコレートを三つ四つ、狼に投げてやりました。狼は、かんばしい香のある、光った玉を不思議そうにながめていました。

おぢいさんは、無事に我が村へ帰ることができました。お家には、子供がおぢいさんの帰りを待っていました。

その晩のこと、狼は、木の枝にぶら下っている、お星様をながめて、

「もっと、あんなお菓子がたべたい」と、いって、啼《な》いたのであります。

著者略歴

◎三つの嗜好品『貧乏サヴァラン』ちくま文庫より

森茉莉　もりまり

一九〇三年、東京生まれ。小説家、随筆家。『父の帽子』で日本エッセイスト・クラブ賞、『甘い蜜の部屋』で泉鏡花文学賞受賞。その他おもな著作に『恋人たちの森』『贅沢貧乏』『ドッキリチャンネル』など。一九八七年没。

◎よその女『いくつもの週末』集英社文庫より

江國香織　えくにかおり

一九六四年、東京生まれ。小説家、翻訳家、詩人。『泳ぐのに、安全でも適切でもありません』で山本周五郎賞、『号泣する準備はできていた』で直木賞受賞。その他おもな著作に『落下する夕方』『神様のボート』『間宮兄弟』など。

◎チョコレートモンスターのプレゼント『ドイツ夫は牛丼屋の夢を見る』講談社より

溝口シュテルツ真帆　みぞぐちしゅてるつまほ

一九八二年、石川生まれ。編集者、エッセイスト。大手出版社の編集者を経てフリーに。現在は、ミュンヘンに暮らし、日独間の翻訳エージェント業にも携わる。

◎バレンタイン傷『生きるコント』文春文庫より

大宮エリー　おおみやえりー

一九七五年、大阪生まれ。脚本家、映画監督、演出家。監督作に「海でのはなし。」。おもな著作に『生きるコント2』『思いを伝えるということ』『なんとか生きてますッ』など。

◎チョコと鼻血『獏の食べのこし』集英社文庫より

中島らも　なかじまらも

一九五二年、兵庫生まれ。小説家、戯曲家、随筆家。『今夜、すべてのバーで』で吉川英治文学新人賞、『ガダラの豚』で日本推理作家協会賞受賞。その他おもな著作に『僕に踏まれた町と僕が踏まれた町』『お父さんのバックドロップ』など。二〇〇四年没。

◎「義理チョコ」とは何か『ま、いっか。』集英社文庫より

浅田次郎　あさだじろう

一九五一年、東京生まれ。小説家。『鉄道員《ぽっぽや》』で直木賞、『壬生義士伝』で柴田錬三郎賞、『お腹召しませ』で中央公論文芸賞・司馬遼太郎賞、『中原の虹』で吉川英治文学賞、『終わらざる夏』で毎日出版文化賞受賞。

◎ＩＷＡＮＴ義理チョコ『伊勢エビの丸かじり』文春文庫より

東海林さだお　しょうじさだお

一九三七年、東京生まれ。漫画家、エッセイスト。『タンマ君』『新漫画文学全集』で文藝春秋漫画賞、『ブタの丸かじり』で講談社エッセイ賞受賞。長期連載の食エッセイ「丸かじりシリーズ」が大人気。その他おもな漫画作品に『サラリーマン専科』『アサッテ君』など。

◎一途な瞳のバレンタイン『うさぎの聞き耳』講談社文庫より

青木奈緒　あおきなお

一九六三年、東京生まれ。小説家、エッセイスト、翻訳家。おもな著作に『ハリネズミの道』『幸田家のきもの』『風はこぶ』など。

◎チョコレート『はじめからその話をすればよかった』実業之日本社文庫より

宮下奈都　みやしたなつ

一九六七年、福井生まれ。小説家。『羊と鋼の森』で本屋大賞受賞。その他おもな著作に『遠くの声に耳を澄ませて』『誰かが足りない』など。

◎ヘフティのチョコレート　３０００円『しあわせのねだん』新潮文庫より

角田光代　かくたみつよ

一九六七年、神奈川生まれ。小説家。『まどろむ夜のＵＦＯ』で野間文芸新人賞、『空中庭園』で婦人公論文芸賞、『対岸の彼女』で直木賞、『八日目の蟬』で中央公論文芸賞受賞。その他おもな著作に『幸福な遊戯』『かなたの子』など。

◎聖バレンタイン・デーの切り干し大根『村上朝日堂』新潮文庫より

村上春樹　むらかみはるき

一九四九年、京都生まれ。小説家、翻訳家。『風の歌を聴け』で群像新人文学賞、『世界の終りとハードボイルド・ワンダーランド』で谷崎潤一郎賞受賞。その他おもな著作に『ノルウェイの森』『海辺のカフカ』『１Ｑ８４』など。二〇〇六年、フランツ・カフカ賞、二〇〇九年、エルサレム賞受賞。

◎チョコレート慕情『まじめ半分』角川文庫より

阿刀田高　あとうだたかし

一九三五年、東京生まれ。小説家。『来訪者』で日本推理作家協会賞、『ナポレオン狂』で直木賞、『新トロイア物語』で吉川英治文学賞受賞。その他おもな著作に『冷蔵庫より愛をこめて』『旧約聖書を知っていますか』『アンブラッセ』など。

◎玩具として買うには面白い『白いプラスティックのフォーク』日本放送出版協会より

片岡義男　かたおかよしお

一九三九年、東京生まれ。小説家、エッセイスト。『スローなブギにしてくれ』で野性時代新人文学賞受賞。その他おもな著作に『エルヴィスから始まった』『日本語の外へ』『短編を七つ、書いた順』など。

◎チョコレート『辻静雄著作集』新潮社より

辻静雄　つじしずお

一九三三年、東京生まれ。教育者、食文化研究者。辻調グループ創設者。おもな著作に『フランス料理研究』『フランス料理の学び方』『JAPANESE COOKING—A SIMPLE ART』など。一九九三年没。

◎チョコレート—le chocolat『クロワッサンとベレー帽—ふらんすモノ語り』中公文庫より

鹿島茂　かしましげる

一九四九年、神奈川生まれ。フランス文学者、評論家。『馬車が買いたい!』でサントリー学芸賞、『子供より古書が大事と思いたい』で講談社エッセイ賞受賞。その他おもな著作に『「レ・ミゼラブル」百六景』『フランス文学は役に立つ』『パリの異邦人』など。

◎幸せショコラの原風景『高級ショコラのすべて』PHP新書より

小椋三嘉　おぐらみか

岐阜生まれ。エッセイスト、翻訳家。チョコレートを中心に食文化研究家としても知られる。おもな著作に『チョコレートものがたり』『ショコラが大好き!』『チョコレートのソムリエになる』など。

◎燈火節のクレープ『つれづれの味』北洋社より

増田れい子　ますだれいこ

一九二九年、東京生まれ。ジャーナリスト、エッセイスト。おもな著作に『しあわせな食卓』『インク壺』『沼の上の家』『母　住井すゑ』『心のコートを脱ぎ捨てて』など。二〇一二年没。

◎チョコレートとワイン『うなぎでワインが飲めますか?』角川書店より

田崎眞也　たさきしんや

一九五八年、東京生まれ。ソムリエ、料理研究家。国際ソムリエ協会会長。一九九五年、第８回世界最優秀ソムリエコンクールにて日本人として初優勝を果たし日本のワインブームの火付け役に。おもな著作に『ワイン生活―楽しく飲むための２００のヒント』など。

◎消えた生チョコレート『魔法使いとお菓子たち』角川文庫より

森村桂　もりむらかつら

一九四〇年、東京生まれ。小説家、エッセイスト。おもな著作に『天国にいちばん近い島』『桂のケーキ屋さん』『忘れんぼのバナナケーキ』など。二〇〇四年没。

◎美味・珍味・奇味・怪味・媚味・魔味・幻味・幼味・妖味・天味『小説家のメニュー』中公文庫BIBLIOより

開高健　かいこうたけし

一九三〇年、大阪生まれ。小説家、ノンフィクション作家。『裸の王様』で芥川賞、『輝ける闇』で毎日出版文化賞受賞。その他おもな著作に『ベトナム戦記』『オーパ!』など。一九八九年没。

◎ホットチョコレート『ひとくちの甘能』角川文庫より

酒井順子　さかいじゅんこ

一九六六年、東京生まれ。エッセイスト。『負け犬の遠吠え』で講談社エッセイ賞、婦人公論文芸賞受賞。その他おもな著作に『もう、忘れたの?』『ユーミンの罪』『子の無い人生』など。

◎真夜中のチョコレートケーキ『おやつのない人生なんて』筑摩書房より

伊藤まさこ　いとうまさこ

一九七〇年、神奈川生まれ。暮らしまわりのもののスタイリスト。おもな著作に『白いもの』『おべんと帖 百』『白いシャツを一枚、縫ってみませんか?』など。

◎限りなく上品で甘美な風味。余韻をいつまでも楽しみたい……。チョコレートって、大人の楽しみかも。『甘露なごほうび２』マガジンハウスより

渡辺満里奈　わたなべまりな

一九七〇年、東京生まれ。タレント。おもな著作に『これが私の十月十日　妊婦道』『はじめてのこそだて　育自道』、絵本原作にわたなべまりな名義の『ごめんねターブゥ』など。

◎筋金入りのチョコジャンキー『だからキッチンが好きなんだ』講談社より

土器典美　どきよしみ

ギャラリーオーナー、エッセイスト。おもな著作に『週末、山の家に行く』『ラクダに乗ったラクダのかご—私の好きな物の話』『散歩のように旅、思い出しては料理。』など。

◎神様の食べもの『文藝春秋SPECIAL』文藝春秋より

楠田枝里子　くすたえりこ

三重県伊勢市生まれ。司会者、エッセイスト。「なるほど！ザ・ワールド」「世界まる見え！テレビ特捜部」「FNS歌謡祭」などの名司会で知られる。おもな著作に『ナスカ砂の王国』『ピナ・バウシュ中毒』『チョコレートの奇跡』など。

◎チョコレート『あまカラ』甘辛社より

竹中郁　たけなかいく

一九〇四年、兵庫生まれ。詩人。『ポルカ　マズルカ』で読売文学賞、『子ども闘牛士　竹中郁少年詩集』で日本児童文学者協会賞特別賞受賞。その他おもな詩集に『黄蜂と花粉』など。一九八二年没。

◎チョコレートの系譜『おやじのおやつ』朝日文庫より

田沢竜次　たざわりゅうじ

一九五三年、東京生まれ。フリーライター。おもな著作に『東京グルメ通信』『B級グルメ大当りガイド』『格安！B級快適生活術—都市の裏ワザ本』（岩本太郎、西村仁美との共著）など。

◎チョコロネ『3時のおやつ　ふたたび』ポプラ文庫より

宮内悠介　みやうちゆうすけ

一九七九年、東京生まれ。小説家。『盤上の夜』で日本SF大賞、『ヨハネスブルグの天使たち』で日本SF大賞特別賞受賞。その他おもな著作に『エクソダス症候群』『アメリカ最後の実験』など。

◎チョコレートと私『ザ・チョコレート大博覧会』扶桑社より

町田忍　まちだしのぶ

一九五〇年、東京生まれ。庶民文化研究家、エッセイスト。おもな編・著作に『銭湯へ行こう』『昭和レトロ博物館』『東京ディープぶら散歩』『戦後新聞広告図鑑』『銭湯—「浮世の垢」も落とす庶民の社交場』など。

◎バレンタインデー『70年代　小学生歳時記』ダイヤモンド社より

初見健一　はつみけんいち

一九六七年、東京生まれ。フリーライター、昭和文化研究家。おもな著作に「まだある。」シリーズ、『ぼくらの昭和オカルト大百科』『昭和ちびっこ未来画報―ぼくらの21世紀』『昭和のレトロパッケージ』など。

◎「ホワイトデー」の話『のはなしさん』宝島社より

伊集院光　いじゅういんひかる

一九六七年、東京生まれ。タレント。ラジオパーソナリティーとして長く活躍し、博学として知られる。おもな著作に『幸福《しあわせ》のツボ』『のはなし』『ファミ通と僕』など。

◎刑務所の中『ひさしぶりの海苔弁』文春文庫より

平松洋子　ひらまつようこ

一九五八年、岡山生まれ。エッセイスト。『買えない味』でＢｕｎｋａｍｕｒａドゥマゴ文学賞、『野蛮な読書』で講談社エッセイ賞受賞。その他おもな著作に『食べる私』『彼女の家出』など。

◎長友『蚊がいる』メディアファクトリーより

穂村弘　ほむらひろし

一九六二年、北海道生まれ。歌人。『短歌の友人』で伊藤整文学賞、「楽しい一日」で短歌研究賞受賞。おもな歌集に『シンジケート』『手紙魔まみ、夏の引越し（ウサギ連れ）』など。その他おもな著作に『整形前夜』『絶叫委員会』『鳥肌が』など。

◎ある日の私とチョコレート『鈴木いづみセカンド・コレクション3』文遊社より

鈴木いづみ　すずきいづみ

一九四九年、静岡生まれ。小説家、女優。おもな著作に『愛するあなた』『ハートに火をつけて！―だれが消す』『鈴木いづみコレクション』全8巻など。一九八六年没。

◎甘い恋『ごはんぐるり』文春文庫より

西加奈子　にしかなこ

一九七七年、テヘラン生まれ。小説家。『通天閣』で織田作之助賞大賞、『ふくわらい』で河合隼雄物語賞、『サラバ！』で直木賞受賞。その他おもな著作に『さくら』『きいろいゾウ』『ふる』『ｉ（アイ）』など。

◎本命のチョコ食いあかす犬心。『閉経記』中央公論新社より

伊藤比呂美　いとうひろみ

一九五五年、東京生まれ。詩人。『ラニーニャ』で野間文芸新人賞、『とげ抜き　新巣鴨地蔵縁起』で萩原朔太郎賞・紫式部文学賞受賞。その他おもな著作に『良いおっぱい悪いおっぱい』『家族アート』『女の一生』『父の生きる』など。

◎ぼくのお母さん『魔法飛行』中公文庫より

川上未映子　かわかみみえこ

一九七六年、大阪生まれ。小説家、詩人。『乳《ちち》と卵《らん》』で芥川賞、『先端で、さすわ さされるわ そらええわ』で中原中也賞、『ヘヴン』で芸術選奨文部科学大臣新人賞、紫式部文学賞、『愛の夢とか』で谷崎潤一郎賞、『あこがれ』で渡辺淳一文学賞を受賞。その他おもな著作に『わたくし率 イン 歯ー、または世界』など。

◎狼とチョコレート『小川未明新収童話集3』日外アソシエーツより

小川未明　おがわみめい

一八八二年、新潟生まれ。児童文学者。おもな作品に『赤い蠟燭と人魚』『月夜と眼鏡』『野薔薇』など。一九六一年没。

◉編集部より

本書は、著者による改稿とルビを除き、底本に忠実に収録しております。収録作品のなかには、一部に今日の社会的規範に照らせば差別的表現あるいは差別的表現ととらえられかねない箇所が見られますが、作品全体として差別を助長するようなものではないことから、原文のままとしました。

おいしい文藝《ぶんげい》

うっとり、チョコレート

二〇一七年一月二〇日　初版印刷
二〇一七年一月三〇日　初版発行

著　者

青木《あおき》奈緒《なお》、浅田《あさだ》次郎《じろう》、阿刀田《あとうだ》高《たかし》、伊集院《いじゅういん》光《ひかる》、
伊藤《いとう》比呂美《ひろみ》、伊藤《いとう》まさこ、江國《えくに》香織《かおり》、大宮《おおみや》エリー、
小川《おがわ》未明《みめい》、小椋《おぐら》三嘉《みか》、開高《かいこう》健《たけし》、角田《かくた》光代《みつよ》、鹿島《かしま》茂《しげる》、
片岡《かたおか》義男《よしお》、川上《かわかみ》未映子《みえこ》、楠田《くすた》枝里子《えりこ》、酒井《さかい》順子《じゅんこ》、
東海林《しょうじ》さだお、鈴木《すずき》いづみ、竹中《たけなか》郁《いく》、田崎《たさき》眞也《しんや》、
田沢《たざわ》竜次《りゅうじ》、辻《つじ》静雄《しずお》、土器《どき》典美《よしみ》、中島《なかじま》らも、西加《にしか》奈子《なこ》、
初見《はつみ》健一《けんいち》、平松《ひらまつ》洋子《ようこ》、穂村《ほむら》弘《ひろし》、増田《ますだ》れい子《こ》、
町田《まちだ》忍《しのぶ》、溝口《みぞぐち》シュテルツ真帆《まほ》、宮内《みやうち》悠介《ゆうすけ》、宮下《みやした》奈都《なつ》、
村上《むらかみ》春樹《はるき》、森《もり》茉莉《まり》、森村《もりむら》桂《かつら》、渡辺《わたなべ》満里奈《まりな》

編　者　杉田淳子、武藤正人（go passion）
発行者　小野寺優
発行所　株式会社河出書房新社
〒一五一‐〇〇五一
東京都渋谷区千駄ヶ谷二‐三二‐二
〇三‐三四〇四‐一二〇一［営　業］
〇三‐三四〇四‐八六一一［編　集］
http://www.kawade.co.jp/

印　刷　株式会社暁印刷
製　本　加藤製本株式会社

ISBN 978-4-309-02537-7　Printed in Japan